夜不語

詭秘檔案

夜不語

詭秘檔案

夜不語

詭秘檔案901

Dark Fantasy File

鏽紅床

夜不語 著

Kanariya 繪

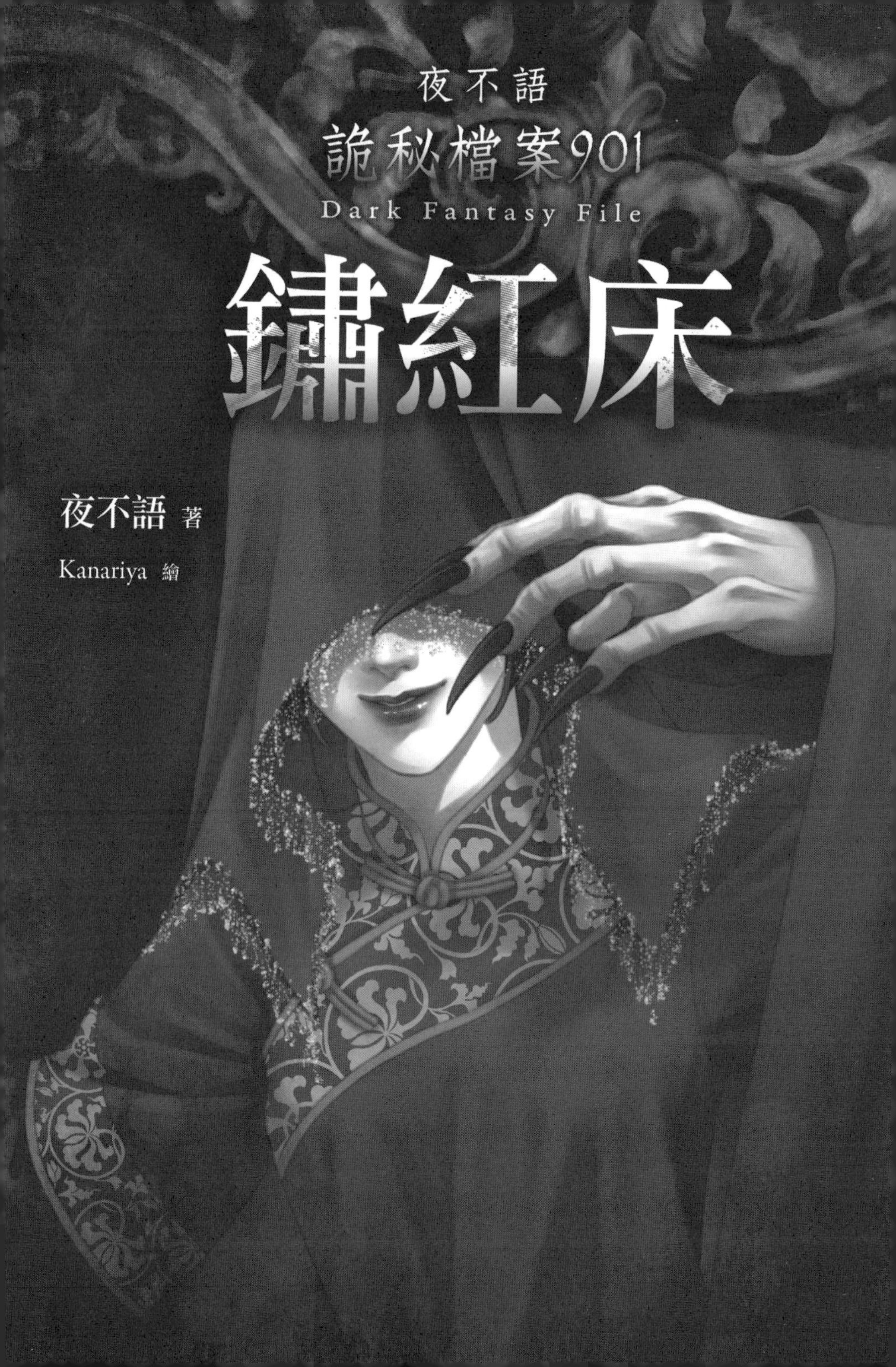

CONTENTS

007 楔子
027 第一章 病氣大廈（上）
039 第二章 病氣大廈（下）
053 第三章 死床
066 第四章 活下去的方法
079 第五章 地板下的怪物
093 第六章 逃出魔窟
106 第七章 潘洛斯階梯

第八章　404房　120
第九章　百日藥　133
第十章　誰是真的？誰是假的？　146
第十一章　二樓鬼影　160
尾聲　180
後記　186

如果說房子是人類「吃穿住」三大需求之一的話。那麼床，就是貫穿「住」這一需求始終的最重要物品。

古人發明床，本就是用來睡覺休息。

床，本就應該是被擺放在房子中的。

可床，如果不被人用來睡覺的話，會發生什麼？你有沒有想過，你的人生有三分之一是在床上度過的。從出生到死亡，你都離不開床。

但當你出門去度過你人生的另外三分之二時，放在你房間裡的那張床，真的是靜悄悄的，等待著你回去使用它嗎？

看完這個故事，或許，你會不敢再，上床！

楔子

「喂，大腦中的海馬迴發生變化的話，真的可以抹去記憶嗎？」林曉薇問朋友。

「這麼專門的問題，我怎麼可能知道。」朋友顏小玲捋了捋自己的長髮，悶聲悶氣地回答。

「我想忘記他。」林曉薇嘆了口氣。

「我知道妳想忘記他。」顏小玲也嘆了口氣：「但這並不能成為妳每天亂吃狂喝，一天到晚刷手遊，不睡覺不上班的理由。」

「我又吃不胖。據說玩手遊能讓大腦裡的海馬迴變化，這樣，我就能忘記他了。」

「但是妳會因為長時間玩手遊過勞死。也有可能被垃圾食品噎死。最有可能的是，妳會在某一天照鏡子的時候，被自己的模樣嚇死。」顏小玲瞪了她一眼。

林曉薇苦笑，「所以，這就是妳非要拉我出來逛公園的理由？」

今天風和日麗，天氣爽朗。萬里無雲的天際在這春日的陽光裡，顯得翠綠翠綠的。公園兩旁的斜柳抽出翠綠的芽，萬樹都是映入眼簾的青綠，很是喜人。

但和優美的公園景色不同，林曉薇整個人都死氣沉沉的。

「其實我叫妳來逛公園是有目的的。」顏小玲指著不遠處的一張長椅，示意坐下談。

長椅在湖旁，湖畔長著許多半人高的喜水植物，盛開著紫色的花。兩女孩坐下後，顏小玲略一沉默，說道：「我爺爺，去世了。」

「妳有爺爺啊？」林曉薇眨巴眼。

「這話可挺有趣的，沒爺爺我老爸難道是從石頭縫裡跳出來的。」顏小玲撇撇嘴。

林曉薇嘻嘻乾笑兩聲：「妳竟然還有老爸？」

雖然和顏小玲在許多年前就認識了，可她很少提及自己父母親戚的事情。林曉薇一度以為自己的閨蜜是孤兒。

「我可不是孤兒。我有父母和親戚，但因為種種原因，他們都已經不在了。」顏小玲沒好氣的瞥了她一眼。

「也去世了？」

「不清楚，應該是失蹤了吧。總之警方從來沒有找到過他們的屍體。」

「啊喂，妳給我等等。咱們倆認識多少年了。我還是第一次聽妳提起這種事。」

林曉薇將秀髮捋到耳後：「妳家的親戚，都失蹤了？全部？」

「對。包括我父母，大伯一家、二伯一家。我奶奶。除了拉拔我長大的爺爺外，全家十三口人，莫名其妙的先後失蹤了十一人。」顏小玲嘆了口氣。

「這個這個，也太離奇了。妳家得罪了誰吧，被人殺人毀屍了。」林曉薇實在不知道該說什麼好了。

「確實大有蹊蹺。所以我故意選擇刑事偵查方面的大學。大學畢業後，也努力調查我們顏家十一口人的神秘失蹤事件。」

林曉薇啞然：「我說小玲，妳明明只是個整理文案的白領而已。咱們公司的業務，可和刑事偵查方面，完全沒有關係呢。」

「倒也不是完全沒有關係。」顏小玲神秘一笑，又將話題岔了回去，「我大學畢業之前，爺爺就得了阿茲海默症，我沒法從他嘴裡得到任何線索。自己也極少回爺爺家。」

說到這，顏小玲有些黯然。將自己辛苦拉拔大的爺爺走了。爺爺給她又當爹又當媽，自己卻沒有盡過一天的孝，她實在很自責。

「好啦，說吧，妳肯定是想拜託我做什麼。」林曉薇拍了拍閨蜜的肩膀。她心裡長久以來的疑惑終於得到了答案。顏小玲是個大美女，追求她的帥哥公子有錢人從來都是絡繹不絕。可她一直都不假以辭色。

公司裡許多人都以為她是彎的。看來，一生千步，人有百面，每個人的人生都不簡單。而顏小玲的人生，或許比許多人都要更加的沉重。

顏小玲纖長的雙手攪動裙角，難為情地說：「我沒什麼朋友。家裡除我也沒什麼親戚朋友了。所以爺爺的葬禮，我希望妳能跟我一起去，這樣也熱鬧些。」

林曉薇雖然承受著失戀的痛苦，但還是認真地點頭答應了：「好吧。咱倆誰跟誰。正好去妳老家散散心。對了，妳老家在哪兒，不用請很久的假吧？」

顏小玲笑起來，那漂亮的鵝蛋臉在陽光的照耀下，就連林曉薇都看呆了眼。

「妳去了就知道，不遠。」女孩站起身，將雙手放在背後，撐直，伸了個懶腰。

很快，林曉薇就知道不遠，究竟是有多不遠了。

板城不大，但好歹也算是一個四線城市。人口大約一百二十萬。由於四面環山，住宅用地不夠，所以大部分板城人都住在密密麻麻的市中心區域直徑八公里的範圍內。以至於整個板城寸土寸金，房價居高不下，甚至比省城的房價還要貴得多。

所以當顏小玲帶著林曉薇到了自己的老家時，林曉薇整個人都呆住了。

「這就是妳家？」林曉薇指著眼前的房子，有些不知道該怎麼表達自己的震撼。這是一棟古舊的老宅，兩層樓高，木質的支撐結構以及板狀的木質牆壁，無一不訴說著長達百年的滄桑。

樓的房檐雕滿了許多繁複的花紋。作為年輕人，林曉薇自然不認識那些花紋的意義。只覺得挺美的。她見過一些老照片，知道這院房應該是板城的雕樓老宅。如此精美的雕樓，絕對是大戶人家才有的手筆。

雕樓占地面積大約兩百多平方公尺，周邊是一個大院子。足足有一畝。這一畝多地如果在山上或者鄉下，林曉薇恐怕都不會這麼震驚，只會覺得樓美得很滄桑。

但是古舊的宅院如果是至今仍舊建築在板城的市中心，這就很讓人詫異和羨慕。寸土寸金的板城中心地帶，竟然有那麼大一塊地。如果拆遷的話，簡直就是天文數字的一大筆拆遷費。

林曉薇眨巴著眼睛，很快就從震驚中恢復過來，笑道：「小玲，看妳平時挺省的，沒想到卻是隱形富豪。」

「這塊地是祖宗的地，我們顏家不會賣的。」顏小玲知道自己閨蜜的意思，笑著道：「所以我這輩子如果沒有啥『錢途』的話，也只能過普通人的生活。」

林曉薇咕噥道：「不可能啊，這麼大的一塊地。建商怕是每天都會打爆妳家裡人的電話吧？妳看附近全是高樓大廈，就只剩妳家這塊還古色古香了。」

剩下一句話沒說完，其實眼前的雕樓美是美，可惜太過破舊。斑駁的紅漆隱藏著一種令人極為不舒服的感覺。哪怕只是靠近這座老宅，林曉薇都不由得哆嗦了幾下。

老宅附近，似乎比別的地方冷。

顏小玲掏出鑰匙，將院門的鎖打開：「走，咱們進去。」

林曉薇點點頭，在進去之前，轉頭看了看附近。腦袋稍微抬起，就是滿眼的高樓。無數高樓擁擠在市中心，顏小玲的家門前是車來車往的鬧市。對面，便是超商。交通、生活都極為方便。

雕樓在這現代化的世界中，顯得格外的格格不入。

沒多想，她跟著顏小玲進了院子。

六百多平方公尺的院子裡雜草叢生，爺爺生前喜歡的牡丹和玫瑰，都被荒蕪的草覆蓋。春天裡，玫瑰的枝葉艱難地從雜草中，探出頭，結了幾個花苞。而四色薔薇，也好不容易開了幾朵。

顏小玲深深吸了兩口氣，有些黯然。

「讀大學後，爺爺就不准我有事沒事回家。就連他生病了，都瞞著我。據說他去世後，屍體也是上門談拆遷的人發現的。」

「你們家真怪。」林曉薇覺得老爺子的脾氣真是難以理解。

「其實爺爺的脾氣挺好，從沒見他生過氣。他可能有苦衷。畢竟，顏家一家老老少少，全失蹤了。」顏小玲嘆了口氣：「我請了殯葬公司的人，應該也快來了。」

說完，她們穿過小院。打開了大宅的門。

雕樓裡邊全是老式家具，燦爛的陽光一進院子，就變得黯淡。而房間裡的光線，那就更加昏暗了。人到老年不知為何，總會變得非常節儉。哪怕是拉開燈，屋裡的視線也沒好多少。也不清楚顏小玲的爺爺用昏花的老眼，是怎麼看清楚周圍的。

老房子格局千古不變，進門就是桃屋。也就是客廳位置。偌大的客廳正中央已經搬空了，擺放著一口冰棺。冰棺上蓋著白色的布。

顏小玲的身體微微發抖，顯然是在竭力壓抑內心的痛苦。她走到冰棺前，將白布揭開一個角，突然淚水就不停地湧了出來。

「爺爺，爺爺好瘦啊。他真的死了。我唯一的親人，也不在了。」女孩捂著自己的臉，努力的堅強，至少不要哭出聲來。她顏家的女人，無論如何也不能哭。

林曉薇拍著閨蜜的背，沒說話。

顏小玲抹乾眼淚，苦澀地說：「小薇，我是不是很不孝？留下八十多歲的爺爺一個人守老宅，五年多了，也硬是沒回家看一眼。」

林曉薇搖搖頭，「誰又不是子欲養而親不待呢？畢竟是妳爺爺，不讓妳回家的。」這句話沒安慰到顏小玲，卻似乎讓她更傷心了。

就在這時，院子外傳來了門鈴聲。林曉薇哄道：「好了好了，等一下再傷心。有人來了。」

「應該是殯葬公司。」顏小玲揉了揉眼睛，將雕樓的門打開後，突然猛地又合攏。臉色也變得不好看起來。

「怎麼了？」林曉薇問。

顏小玲頭腦有些亂，慌張地說：「沒什麼。快，我們找個地方躲起來。」

「出什麼事了？」好友詫異道。

「別問那麼多，等一下再跟妳解釋。」顏小玲越發的慌張，她拖著閨蜜徑直朝後屋逃去。

院子外敲門聲持續沒多久，就有人乾脆地將鐵門撬開，朝雛樓走來。樓外傳來了一個男人的聲音：「顏小玲，臭婊子。我知道妳在裡邊。老子是跟著妳進來的。快出來。咱們把帳給了結了。」

來的不止一個人。說話的那人敲碎了房門玻璃，反手將門鎖打開後，進了屋子。

「快。朝裡邊逃。」顏小玲慌不擇路，眼淚都要流了出來。

林曉薇皺皺眉，一向都很冷靜的好友，今天怎麼會如此恐慌。進門的人，到底是她什麼人？

顏小玲一直拉著她的手往屋子裡邊使勁兒地躲。雛樓很大，房間也不少，兩個女孩不斷地向深處跑。但是屋外的人顯然不想放過顏小玲，他們慢吞吞地追了上來。後邊的男人們嬉笑著，大聲的聊天說髒話，全都不像是正經人。

林曉薇偷偷看著顏小玲的臉。閨蜜的臉色煞白，怕得很。

終於兩人逃到了雛樓的盡頭，再往後就是後院了。但是後院被夾在高樓的高聳圍牆之間，也繞不到前院，完全是條死路。

顏小玲慌慌張張的左顧右盼，拚命地想辦法。她煞白的臉，顯得更加絕望了。最終，女孩一咬牙，彷彿下定了什麼決心，拽著林曉薇鑽入了右側的房間。

這是一間大約十幾平方公尺的雜物間，堆滿了她爺爺囤積起來的各種東西。不過奇怪的是，正面的牆壁上，掛了許多照片。看照片上一些人的模樣，跟顏小玲挺像的。應該是親戚。

顏小玲什麼也沒解釋，她把雜物間的門關好。「啪」的一聲跪在地上，對著那些相片磕了幾個響頭。然後決然地站起身，東敲敲西敲敲，竟然不知從哪裡打開了照片牆下一個低矮的暗門。

這個暗門大約只有一百三十公分高，寬七十公分，哪怕兩個女孩的身材都偏嬌小，也要擠著蹲著才能進去。

「爺爺生前千叮嚀萬囑咐，要我絕對不能進去。這裡邊，藏著咱們顏家的秘密。」顏小玲嘆了口氣：「但是今天，顧不了那麼多了。」

身後的男人們正在靠近，已經到了雜物間前，開始砸門了。

兩女顧不了太多，忙不失措地鑽入了暗門裡，將門合攏。世界，變得黑暗一片。暗門後的空間，全是不通風的污穢氣息以及刺骨的涼意。漆黑佔據了一切，眼睛完全不可視物。

林曉薇摸索著掏出手機，將手電筒功能打開。看了一眼暗門後的世界，竟然整個人都呆住了。

暗門後邊，肯定是暗室。但是這暗室比她想像中要大得多。大約是個七公尺乘七公尺的正方形，大概五十平方公尺左右。

「沒想到你們家還有這麼一個暗室，在雕樓的夾層裡？」林曉薇問。

顏小玲顯然也很意外，她從小就生活在這個雕樓中，但此刻卻有些懵。根據自己熟悉的雕樓格局，怎麼想也想不出，暗室的空間是從哪些牆壁中擠出來的。

「我從沒進來過，根本不清楚還有這塊空間。咦！」

藉著閨蜜的手機，顏小玲驚訝的「咦」了一聲：「小薇，妳把手電筒往中間照一照，我好像看到了什麼東西。」

手電筒的光線中，密室裡空無一物。只有不透氣的污穢氣息，讓人窒息。林曉薇依言將手電筒轉了個方向後，不算明亮的光圈中，出現了一絲紅色。

紅，在手電筒中反射著刺眼的亮。亮得人眼睛很不舒服。

「哇，居然有一張床。」林曉薇再次驚訝了。

接近五十平方公尺的暗室裡，果然什麼也沒有。唯一的物品，便是暗室正中央的那張床。古色古香的床，分辨不出到底是什麼年代做的。就算是沒什麼眼光的人，也能感覺出，這是一件老物品。很有些歷史。

暗沉的床漆已經發黑，不靠著暗室的任何牆壁，就那麼莫名其妙的擺放在空間的最中央。通體木製的床，四周有封閉的雕花杆和床牆，床前面雕花板上方，有三層雕滴水沿，床下前方有三層踏板。踏板可以取下來，床下應該是空的，用來盛放閒置的物件。

繁複的木雕佈滿了床牆，床牆將床的三面都圍得嚴嚴實實，只剩下正面留有掛蚊帳和容人上下的空間。最顯眼的是，這張床的床擋上，有一個深深陷入木料，如乾枯手爪般的痕跡。

古舊的老床，哪怕是在古代恐怕也是極盡奢華，不是普通人享受得起的。木雕的花紋中，甚至採用了大量的鎏金工藝。在手電筒的照射下，哪怕是漆變黑了，鎏金也反射著耀眼的金黃。

「好漂亮的床。」兩個女孩不由得走上前，仔細地打量這張古床。

「看來家裡有許多事情，都瞞著我。至少這張床，我也從未見過，甚至不知道它的存在。」顏小玲下意識地伸手想要摸摸床沿，可是手剛伸出去，就被好友拽住了。

「小玲，這張床，有點不太對勁兒了。」林曉薇有些嘴唇發乾。她拉著好友的手，皺著眉頭：「妳知道我家祖上是幹什麼的嗎？」

「不就是開小酒館的嗎？」顏小玲眨巴著眼：「難道還有我不知道的黑歷史？」

林曉薇先是點點頭，又搖了搖頭：「我祖上據說好多代，都是幹盜鬥的買賣。也就是俗稱的盜墓。我爺爺，在民國時也跟著太爺爺盜過鬥。雖然最後爺爺覺得太缺德了，四十多歲就沒幹了。但是多多少少，也跟我講過一些關於老東西的事情。」

女孩的視線，落在了這張床上，神情略有些凝重：「這張床，絕對不是給活人睡的！」

顏小玲渾身一抖，「明明只是張老床，不是給活人睡，難道是給死人睡的？」

林曉薇又搖搖腦袋，「恐怕也不是給死人睡的。」

「哎呀，我完全被妳弄暈了。」女孩確實有些暈了，「小薇，有什麼話妳一口氣說完，不要老是說半截，吊人胃口。」

「我說了，妳可別嚇著。」林曉薇舔了舔發乾的嘴唇，「一般的古床，床牆以及床杆甚至床體上的雕刻，都是有寓意的。」

「床四周如果有百隻喜鵲和葫蘆的浮雕，寓意新婚夫婦多子多孫，兒孫滿堂。有的會雕麒麟送子、望子成龍、寒窗苦讀、光宗耀祖四幅組雕。也有如『全家福』雕花床，所謂『全家福』三個字由二十八隻喜鵲組成，字體像是古代『蟲鳥書』的手法，象徵喜鵲臨門、福滿全家。

「除此之外，還有郭子儀慶壽、百鳥朝鳳、福祿壽喜仙人、麒麟送子圖、八仙、年年有餘……等床式。另外也有戲曲人物、傳說與神話故事、動物及花鳥、亭廊等各式圖案。」林曉薇說到這裡停頓了一下，「無論是給活人睡的床還是給死人睡的床，都不出這些套路。古往今來，無一不是。但是這張床上刻的東西，我一個也不認識。」

聽林曉薇說完，顏小玲用手電筒光仔細打量了一下床牆上的雕刻。果然，雖然雕刻的花紋繁複無比，卻看不出究竟雕的是什麼。上邊也有圖案，圖案浮雕甚至組成了一幅幅的連環畫般的故事。但是畫面裡的人不像人、鬼也不像鬼，就連怪物也不像怪物。

看久了，只會讓人感到毛骨悚然。甚至連帶著心臟都不舒服起來。古舊的床，壓抑、寒冷、陰森。顏小玲幾乎快要被床上的圖案吸走了靈魂，她甚至不由得想要躺倒在床上，就那麼躺著，一覺睡到再也醒不來。

原本空蕩蕩的紅床上，不知何時，坐了一個穿著血紅嫁衣，蓋著殷紅頭蓋的女子。女子一動也不動，就那樣坐在床沿。她伸出枯骨似的手，以極慢的速度，朝她們揮舞。彷彿是在，叫她們，上床。

顏小玲還算機警，她拚命移開視線，大口大口地喘息著。兩個女孩面面相覷，顯然都在同一時間被這張古床震懾了心神。她們神色恐懼，不知所措，眼中流露出一股死裡逃生的錯覺。

哪怕是移開了視線，兩個女孩的心臟，也怦怦的亂跳個不停。等她們再往床看去時，紅色的床上，哪裡還有什麼女子的身影。

錯覺？

正當她們驚異不定時，密室外的暗門，傳來了打砸聲。那個聽起來流裡流氣的痞子又說話了：「小玲。顏小玲妳這臭婊子，提了褲子就不想認妳的情哥哥了？放心，老子逮住了妳，咱倆就去民政局扯結婚證。不是約好了嗎？妳這個破爛貨，居然敢給我反悔。」

那個痞子陰笑著：「這個小樓裡竟然還有暗房。妳以為我是人傻還是沒文化？地上那麼大一塊開關門痕跡出現在沒門的地方，我怎麼可能不知道妳這婊子是躲起來了？」

暗門只是隱藏得很好，並不結實。幾塊木板而已。眼看就要被人砸開了。

顏小玲慌亂地看著密室裡空空蕩蕩的偌大空間，最後心一橫，什麼也顧不上了。拖著林曉薇就扯開古床的三層腳踏板，鑽入了床底下，又悄無聲息地將腳踏板放回去。

說時遲那時快，就在她們藏好後沒多久，門外的幾個男人已經砸開暗門走了進來。

「喂喂，小玲。妳跟那個痞子究竟是怎麼回事？」林曉薇實在忍不住了，躲在床下小聲地問。

顏小玲苦笑了一聲：「妳知道，我從小和爺爺過。大學後就一個人了。可一個人實在是太清苦了。剛好有個網友，每天對我噓寒問暖。我們見面後感覺他人不錯，就跟他同居了。誰知道知人知面不知心，這混蛋是有預謀的。老早就盯上了我家的老房子。」

「同居後，我發現我那男友應該是某個房地產開發商雇來的。所以我不動聲色地提了分手。哪知道交往容易分手難，那居心叵測的男友見事機敗露了，乾脆破罐子破摔，讓人綁著我去扯結婚證。那都是半年前的事情了……」

顏小玲漂亮的臉上閃過一絲痛苦：「我好不容易逃出來，一直躲著他。看來這次爺爺突然死亡，恐怕也不怎麼單純。」

誰又沒有過一些黑歷史。人是群居動物，一旦被主流社會孤立，孤獨感就會彷彿刮骨的刀一樣，隨時隨刻都能崩壞你的痛覺神經。顏小玲的戀情始於陰謀，自然不可能美好到哪裡去。

「妳的意思是，門外的人是妳的前男友。而且他很有可能是個職業婚姻詐騙師？」林曉薇咂舌。雖然知道自己的這位閨蜜常常心事重重。可沒想到她的黑歷史竟然如此不堪回首。

「噓，別說話。他們，進來了。」顏小玲顯然不想過多的觸及之前的那段痛苦經歷，輕聲噓了一聲後，陷入了沉默中。

門外的三個男人，踏入了暗室裡。

「你奶奶的，太黑了。誰有手電筒，找找燈在哪！」痞子的聲音又響了起來。另外兩人手忙腳亂的一陣亂摸，沒找到燈的開關。只好打開手機的手電筒功能。

三束光，照亮了暗室。三個人打量了裡邊偌大的空間幾下，頓時有些傻眼了。奇怪了，這是什麼情況？

「老Z，那婆娘呢？」三個面相不善的男子中，臉上有刀疤的問。

「她肯定躲在這裡邊。」老Z咧咧嘴。

剩下一人則盯著暗室最中央的床，皺皺眉：「這張床，漂亮。值不少錢吧。」

「房子都那麼老了，家具是古董很正常。」老Z嘿嘿笑著：「那婊子家看來很稀罕這張床，你看地上，滿屋子都堆滿灰塵了。就這張床附近乾乾淨淨，肯定是經常打掃。」

床下的顏小玲聽到這句話，內心深處有某塊記憶被撥動了。一股毛骨悚然的感覺，爬上了後背，傳遞著刺骨的冷意。

「顏小玲，小玲。以前的山盟海誓，妳都忘了嗎？」老Z繞著暗室走了一圈，發現這個幾十平方公尺的空間中，只有這麼一張床能夠躲，心下頓時明瞭了。古色古香的床挺大的，床上大紅的喜慶被子微微隆起，像是有什麼躲著。

他笑嘻嘻的一邊說，一邊朝床走去：「咱們已經到了談婚論嫁的年齡了，就別害羞了。嘿嘿，快嫁給我吧。」

說著，他猛地將床上的紅色被子掀了起來。

被子下邊，空空蕩蕩的，什麼也沒有。

老Z皺了皺眉頭，覺得有些奇怪。這紅色被子有股發黴的味道，甚至隱隱有種古怪的惡臭。但是並不重。絲綢的面料異常輕薄，如果沒東西在下邊支撐，根本就不會隆起。難道是剛才自己眼花，看錯了？

既然那臭女人沒在床上躲著，那，就在床下了！

老Z嘴角露出邪笑，穿著鞋整個人躺上了床。舒舒服服地伸了個懶腰後，用手磕身下的床板：「顏小玲，親愛的小玲。快出來，不要玩捉迷藏了。妳這個臭婊子給妳臉不要臉，小心我待會兒揍妳哦。」

男子的聲音極盡溫柔，但是話中卻盡是徹骨的陰森。

顏小玲渾身顫抖，也不知道是被男子的話嚇的，還是想起什麼了。林曉薇探出手緊緊握著閨蜜的手掌，希望溫暖一下她。顏小玲卻抖得更厲害了。

「奶奶的，叫妳出來妳就他媽的給我出來。讓我在兄弟面前丟臉。臭婆娘，看老子收拾妳。」見顏小玲一聲不吭，老Z耍貓的心思也沒了，惱羞成怒的大吼一聲。一個鯉魚打滾，準備從床上翻下來，將顏小玲從床下逮出去。

結果這傢伙滾了幾滾，竟然沒翻起身。老Z又試了幾次，自己的背沉重得要命，怎麼掙扎，都爬不起來。

一滴冷汗，從額頭滑下。

床邊的兩個人見床上的同伴耍寶似的扭來扭去，雙手還拚命地在空氣裡虛抓，不由得哈哈大笑。

「老Z，你在發什麼神經？」刀疤臉樂呵道。

「你家婆娘才發神經。快把我拉起來。」老Z破口大罵。

見他臉色慘白，冷汗不停地往外冒。兩個人才意識到，他似乎並沒有開玩笑。連忙上去拉老Z。可是兩個壯漢用盡了吃奶的力氣，硬是沒有將他從床上拉起來。

「痛。哇靠，好痛。老子的背都要被拉斷了。」老Z痛得大吼大叫。他背上挨著床的地方，連皮帶肉都傳遞著撕心裂肺的痛。

兩個男人對視一眼：「有點怪啊。老Z，你衣服是不是被什麼東西鉤住了？」

「沒有，我衣服沒問題。我覺得我被床下邊什麼東西吸住了。你奶奶的，一定是顏小玲那婆娘在搞鬼。」老Z吼道。

「床下邊拉不順手，上床拉。」兩個同伴爬上床，一個人逮著他的兩隻手，一個人逮著他的兩隻腿，再次用力。

老Z的身體被拉扯得像是快要死掉的蝦米，弓著身，眼珠子痛得都快蹦了出來：「快放手，你奶奶的快放手。老子都要死了。」

話還沒說完，只聽到「嗤」的一聲，像是什麼東西被扯斷了。兩人不由得一喜，等往下望去時，同時驚恐地大喊了一聲。

老Z確實被他們扯了起來，但是衣服連背部的一大塊皮肉，仍舊緊緊地貼在床的被單上。血，大量的血混雜著內臟的碎片，從老Z後背的脊椎往外「嘩啦啦」地掉在了床上。

老Z竟然還沒有斷氣，只是有氣無力地喘息著，瞪大雙眼。眼睛裡瞳孔無神，爬滿血絲。隔了幾十秒，才終於解脫地吐出最後一口氣。

兩個同伴被這突如其來的恐怖景象嚇得手腳發顫，大喊大叫著跳下床，就朝暗室的門外跑去。

可是沒跑幾步，兩人卻發現，自己的雙腿都沒了。他們往後一望，腿，四隻腿，還好好地站在床上。

嚇壞的兩人拚命地用手往外爬，爬著爬著，卻不知道看到了什麼更可怕的東西。竟然在同一時間斷了氣。

床下的顏小玲和林曉薇看不到外界的情況，但是卻聽得到暗室裡一片混亂。等所有的聲音都收斂寂靜了，林曉薇才顫抖著問：「他們走了？」

「不像！」顏小玲搖搖腦袋，皺眉：「聽聲音，像是都死了。」

「死了？」林曉薇難以置信：「怎麼死的，難道有人殺了他們？」

「不，殺他們的恐怕不是人。」顏小玲依舊在不停地顫抖：「小薇，妳聽我說。我記起了爺爺以前跟我說過的一些話。現在，我什麼都不能告訴妳。但是請相信我，否則，我們都會死。什麼都別問，咱們快速往外跑。」

「現在，馬上，立刻！」顏小玲大喊一聲，踢開擋住腦袋的三層床臺階，從床下鑽出後，拽住林曉薇就朝外跑。

可是沒跑兩下，她彷彿意識到了什麼。臉色大變。

「糟了，我想錯了。」顏小玲臉色發白，慘笑著，轉頭看閨蜜：「對不起，小薇。是我害了妳。」

林曉薇被她的行為弄得丈二金剛摸不著頭腦：「小玲，我完全沒明白。」

「明不明白無所謂了，咱們回床上去。」顏小玲一臉死氣，頹然地拉著林曉薇走到古床前，整個人都坐在床上。

古床猛地抖了一下，紅色的漆水層層剝落，變得鏽跡斑斑起來。骯髒的鏽跡攀爬滿紅床，整張床散發出一陣古怪邪惡的光，刺亮了暗室。

也刺滅了顏小玲的，所有，希望……

第一章 病氣大廈（上）

世界的速度可以很慢，也可以很快。全看人在那一瞬間的感覺。我就覺得今天早晨的時光，很快。

我不是一個懶人，但有的時候再勤快的人，也有賴床的衝動。例如現在的我。門外的敲門聲震耳欲聾，但是我實在是太睏了，懶得起床開門。於是秉著「床以外的都是遠方，手以外的都是他鄉」的賴床中心思想。翻了個身，用手堵住耳朵繼續呼呼大睡。

直到房間門被人硬生生地踹開了。

照例自我介紹一下吧，我叫夜不語，一個有著奇怪名字，老是會遭遇奇詭事件的憂鬱少年。二十多歲，未婚。本職是研習博物學的死大學生，實則經常曠課，替一家總部位於加拿大某個小城市，老闆叫楊俊飛的不良大叔打工的偵探社社員。

這家偵探社以某種我到現在還不太清楚的宗旨和企業文化構成，四處收集擁有超自然力量的物品。當然，我在利用老男人的情報資金網的同時，也努力想要實現自己的目的。

春城的春天，少有的冷厲。一天陽光、一天雨，讓屋外小河邊的一行垂楊柳也搞不清楚時節。不知道該不該飄飛柳絮了。

我少有的在春城待了幾天，給自己放了個舒服的假期。頹廢的日子過得真他奶奶的爽。昨晚熬夜了，哪怕是聽到砸門聲，也死都不想起來。

踹開房門的傢伙生氣了，走到我床邊，拽著我脖子一陣用力的搖擺：「小夜。臭小子你要賴床到什麼時候？快醒醒。」

我被拽得快喘不過氣，好不容易才將眼睛瞇開一條縫。一個成熟火辣的女性站在床邊，幾縷髮絲垂在漂亮的臉側。她的手已經變成了電動篩子，一股不將我搖起床誓不甘休的氣勢。

「喂喂喂，幹嘛啊？難得的好天氣。」我氣惱地說。說這話的當口，林芷顏將窗簾拉開了。屋外少有的好天氣，被不知從何時起的呼嘯狂風替代，雨眼看就要下下來了。

「你看，多好的好天氣。我就喜歡睡覺的時候聽雨聲。」我嘟囔著，扯過被子又躺了回去。

林芷顏也沒再叫我，只是用陰森森的眼神，直愣愣地瞅著我。

過了幾秒鐘，我終於意識到了什麼。一個鯉魚打滾坐了起來：「老女人，妳怎麼會在我家？楊俊飛那死傢伙總算給妳放假了？也不對啊，妳放假就放假，萬里迢迢跑來騷擾我幹嘛？」

「我沒放假。出差途中順便問候一下你。」萬年裝嫩、不知道實際年齡的林芷顏撇撇嘴，扯了把椅子坐到我床前。

「別用那種眼神盯我，看得我不舒服。」我弱弱道。這傢伙漂亮的眼睛裡全是一種說不清道不明的怪異情緒。自己甚至能感覺到她的心情有點不太穩定。

自己認識她很多年了，極少見她有如此奇怪的表情。

「今天天氣真不錯。」林芷顏的視線在我臉上劃過，落在了窗外。玻璃之外的世界，被風吹起了一絲絲的柳絮飛舞，彷彿整個世界都變成了落雪的白色。

「我看妳是無事不登三寶殿。有話就說，有屁就放。」我坐在床上，伸了個懶腰。這女人都開始跟我聊天氣了，絕對是有求於我。

果然，林芷顏沒客氣：「我有一件事想要拜託你。」

「果然是有求於我。嘿嘿，放心咱們倆誰跟誰。」我開心地笑了，心裡浮現起這麼多年來，拜她所賜對守護女李夢月和乖乖女黎諾依的調教以及黑化，自己終於可以報一箭之仇了：「所以，我拒絕。」

「我就知道你會拒絕。放心。你會幫我的。」林芷顏也笑了，湊到我耳邊說了幾句話。我頓時瞪大了眼睛，手猛地拽住了她。

「妳說的是真的？」我的震驚，難以掩飾。

「黎諾依我會幫你照顧。守護女的線索，我也會替你找。只要你幫了我，那個東西的下落，我就會告訴你。」林芷顏一臉吃定我的表情。

我嘆了口氣：「罷了罷了。妳要委託我什麼？」

說到正事，林芷顏嚴肅起來：「我有一個遠房親戚。不，現在應該說是唯一還有聯絡的親戚。她在一天前，發了封訊息給我。」

「訊息？」我撓了撓頭。現在除了騷擾和推銷外，大多數人都用即時通軟體。很少會互相發訊息。訊息這東西，誰知道在哪天就會消失在歷史的長河中，「妳該不會是從來沒有和那位遠房親戚交換過社交軟體的號碼吧？」

「沒有。只有一個電話號碼。那個電話上，只有五個聯絡人。」林芷顏掏出手機，點開了訊息。

訊息很簡短，看得出是在慌亂和黑暗中盲打的。字元裡有許多亂碼。除掉亂碼後，訊息的意思更加的簡單明瞭了。

「救命！」

落款是，林曉薇。

「看來妳的親戚是真遇到了危險。」我用手指敲擊了幾下床沿：「而且，和她一起遇到危險的，不止一人。」

林芷顏眉頭一緊：「哦，從哪裡能看得出來。」

「妳看這些亂碼。」我指著手機螢幕：「手機是會自己發光的，哪怕是在黑暗裡，也不可能看不到螢幕。除非，眼睛出了問題，又或者，自己沒辦法親手打字。這些亂碼是手誤觸的證據，證明情況屬於第二種。有人在妳親戚的身後，抱著妳親戚的背，努力地盲打出了這條求救訊息。對了，林曉薇是妳的誰？」

「這個你不用管。我知道她遇到了危險，但是自己現在非常忙分不開身。所以拜託你替我去救她。」林芷顏臉色陰晴不定，顯然是有隱情。

「一個人遇到危險的話，應該是打電話給當地員警。你拜託我幹嘛。」我奇怪道。

林芷顏苦笑，「我第一時間就報警了。可是已經整整一天了，警方並沒有找到她。我電話也聯絡不上。小曉薇失蹤了！」

說著，她在手機上調出地圖，「根據警方調查，小曉薇是跟一個叫做顏小玲的女孩一起去了這個範圍。」

她的手在一個叫做板城的西部城市的市中心畫了一圈。圈子裡有兩三棟樓。

「妳確定她有危險？」我多嘴了一句。

林芷顏認真地點頭，「確定。小曉薇從小就是個認真的好孩子。不會跟我開玩笑。而且除非是生命攸關的大事，不然絕不會傳簡訊向我求救。」

「那行。」我皺了下眉頭：「把妳收集到的資料打包給我，我接受妳的委託。」

見我答應了，林芷顏總算是鬆了口氣。她忍了忍，一副欲言又止的模樣。最後還是忍不住說道：「小夜，我總有一股不好的預感。我的親戚或許陷入了什麼不得了的麻煩中。我現在甚至不能確定她是死是活。如果事不可為的話……」

「放心。有妳這個千年不變的裝嫩臉親戚，那個叫林曉薇的女孩，命應該也薄不了。」我聳了聳肩。

當晚，自己就搭最近的航班，去了板城。

四面環山的板城，不大，但是很繁華。長江穿山而過，徐徐途徑板城的一隅 。沿海與內陸相通的唯一水路要道的地位，讓板城的城市建設極有特色。

一出機場的大門，我就愣住了。

板城的春天，在機場的門外一覽無遺。春色無論在哪裡，都是翠綠富有生機的。但這不是重點。

重點是出門後，就有一大群黑壓壓的人擠在一起。將乘車通道全部堵死了。前方的人鬧哄哄的，沒有一個人肯往前走。而不遠處，大量的車也停了下來，按喇叭聲和催促聲不絕於耳。

我皺了皺眉頭，覺得有些奇怪。通道之外就是寬達六十幾公分的車道，可前方人行道上的人卻始終不肯上車。而許多車，也不願意開過來。這是怎麼回事？

人行道後方的人交頭接耳，顯然都不耐煩起來。

「你奶奶的，走不走啊。我們還要趕時間咧。」後方有人大喊道。

前方的人氣憤的也大喊：「說趕時間的，你先走。擠過來，你走啊。」

後面喊話那人身材魁梧，他冷哼一聲，擠開人群就走到了前方。當看清楚是什麼狀況時，居然有些退縮了。

前方的人也冷哼道：「你怎麼不走了？剛剛不是還挺大聲的，有本事你走看看。」

身材魁梧的那人乾笑了兩聲，沒開腔。

我更加好奇了。由於自己並不算高大，看不清楚人群前到底是發生了什麼情況。周圍亂糟糟的也聽不清別人的談論。自己猶豫了一下，乾脆將行李箱平放在地上。我踩在行李箱上增高了一大截，終於看清了究竟發生了什麼事。

太怪了。車道與人行道之間似乎被莫名的力場阻隔出一道三公尺多的空隙，如同天塹般將人與車阻隔開。前方的人跨不過去，打頭的許多計程車也不願意停靠。就這樣人和車因為那三公尺多的空間，將人行道和車道全部堵住了。

那寬三公尺，長十幾公尺的空缺地點，沒有任何東西存在。但是所有人卻都露出忌諱的神色。

「人行道前有什麼？」我逮住附近一個中年男性問道。

頭頂已經地中海的中年男人撓撓腦袋，似乎也搞不清楚情況，「不知道啊。就是聽說地上被人撒了東西，沒人敢踩上去。」

說完他掃視周圍。板城的機場不大，出站口為了安全，以超過一公尺高的欄杆將人行道和車道隔開。如果錯過這個人行道出口，就要走一百多公尺到另一個出口去，非常麻煩。其實人類的思考有太多的局限性。例如，擠在這裡猶豫著的人，大多都是在跨過前方寬度幾公尺的無形障礙以及多走一兩百公尺之間猶豫不決。結果將更多的時間與精力都浪費掉了。

哪怕被行李箱墊高了不少，我也看不到地中海中年男所說的地上的噴撒物是啥東西。既然所有人都不願意踩上去，難道是有劇烈腐蝕性的濃酸？不對。如果真是濃酸，我隔得不遠，早就應該聞到味道了！

我摸了摸下巴。該不會是排泄物一類的噁心玩意。以人的本性，想來誰也不願意踩在一大坨屎上吧。想到這，我又搖了搖頭。也不對，如果是排泄物的話，同樣的，我怎麼沒聞到刺鼻的臭味？

自己沒再多猜下去，三兩下擠入人群。費了一身的力氣，這才擠到人行道的最前端。

欄杆的缺口前，確實有一片空曠處，也確實被人往地上撒了東西。可地上的東西讓我看得一愣一愣的。

是藥渣。

一看就知道是中藥的藥渣。大量熬過的藥渣被撒在地上，密密麻麻地鋪了一地，綿延十幾公尺長。看數量，足足有六、七十斤。

就是這些看似無害的藥渣，卻沒有人願意踩上去。而附近的計程車司機，也不想轆。這種心態我也能理解。

人類大多數時候都是理智的生物，但同時又被經驗以及自我意識所束縛。在路中間撒藥渣，就是人類一種損人不利己的惡習。許多地方都有類似的迷信，將快要病死之人服用後的中藥藥渣撒在馬路上，或者人群密集的地方。

就能將「病氣」傳染給踩到藥渣的人，而自己的病，就會痊癒。無論這迷信有多不可信，但終歸是人類想要繼續活下去的救命稻草。但奇怪的是，雖然幹計程車這一行的司機大多迷信，可從機場出來的行人裡大量衣冠楚楚的路人，也全都迷信嗎？

我轉頭觀察了附近的人幾眼。有些老一輩的人見到地上的藥渣，沒多猶豫，轉身就朝別的出口去了。更多的，則是臉色陰晴不定，不知道想起了什麼。就連剛剛那吵鬧不停的魁梧路人，神情也恍惚著，甚至帶著些恐懼。

更離奇的是，機場的清潔工人就在附近不遠的地方。他們拿著掃帚和簸箕，可是眼神躲躲閃閃，視眼前的大量藥渣為無物。

這些人的情緒，絕對不正常。板城，難道曾經發生過類似的事件？而且最終的結果，並不美妙？否則這些個板城人，為何臉色一個比一個難看？

經歷了許許多多離奇事件的我，自然不會作死的一腳踩著藥渣走過去。身旁大量人群同樣也沒有這個打算。儘管身旁鬧哄哄，人與車卻異常詭異地停滯著。

終於，還是有人打破了僵局。

「走開走開，你們一個個圍著不走幹嘛。不走就讓我們哥們幾個過去。」幾個年輕人大咧咧地擠開人群來到了人行道出口，招呼著計程車司機開過來。

不遠處的計程車司機搖下車窗玻璃，喊道：「要坐車自己走過來。總之我不過去。」

幾個年輕人罵了兩聲，踩過地上的藥渣往前走。

剛剛還吵鬧無比的聲音，在幾人踩過藥渣後，頓時唐突的全都寂靜了。所有人竟然都死死地盯著那幾人的腳，等他們真的走上計程車後，這才大大的鬆了口氣。

堵塞疏通了，人群開始往前移動。車流恢復了正常，後方的計程車開始停靠向人行道出口。如同堰塞湖裡的死水找到了水道，剛剛那病態的停滯就像一場幻覺。

「果然還是覺得挺怪的。」我自言自語了一聲，也招了輛計程車準備離開。就在這時，剛剛那幾個踩了藥渣上車離開的年輕人所搭乘的計程車，竟然在一百多公尺外的高架橋上左搖右晃起來。

前座的計程車司機還沒起步就死死地踩下了煞車，眼睛一眨不眨地看著那輛像是逐漸失控的車。

我順著司機的側臉望過去。只見黃色計程車內不知道發生了什麼糟糕的狀況，車身使勁兒地撞擊高架橋護欄。顯然是車中的司機在拚命奪取方向盤的控制權。但他失敗了，隔了幾秒後，車猛地一加速，以超過時速一百公里的速度繞了半個圈，以正面狠狠撞擊在護欄上。

整輛計程車都被巨大的離心力以及撞擊摔起，朝橋下掉落。

車外的尖叫聲此起彼伏，就連我搭乘的計程車司機，也嚇呆了。冷汗不停往下流。

「又發生了。又發生了！」他不停的喃喃自語，渾身發抖。

「報警，快打電話報警。」我一邊吼了他一聲，一邊朝高架橋的邊緣跑。剛往橋下看了一眼，自己便知道，車上的人肯定沒救了。

板城地少人多，附近都是山。機場只能尋找到半山腰一處還算安全的地方，削平了山頂建造。和市內只有這一條快速高架橋聯通。高架橋下，是數百公尺深的山澗。計程車倒著落下去，重力加速度下，車被摔成了扁扁的夾心餅。

我臉色難看地回到了計程車上，司機稍微平靜了些，但仍舊在發抖：「好險，我的車就在079車的後邊。如果那幾個人上了我這輛車，死的恐怕就是我了。」

「那些藥渣，是怎麼回事？」我拍了拍司機的肩膀。

司機卻什麼也不肯說，「兄弟，這件事別問。我也不敢說。誰知道亂說會不會也會遭禍。你是來旅遊的？」

「對。」見他絕口不提，我也不再強人所難。心裡默默決定晚上回去網上查一查前因後果。

吐出個地址後，我就閉目養神。連夜趕飛機，精神本來就不好。一大早便在自己眼皮子底下死人了，任誰也不好受。

閉著眼睛，我在腦海裡回想死女人林芷顏留下的線索。說句實在話，她調查到的東西並不多。城市監控顯示，這傢伙的親戚最後和同公司一個叫顏小玲的朋友出現在板城的城市公園附近後，朝市中心走去。

之後兩人雙雙失蹤了。警方沒有找到人，但是提供了大概的搜索方向。

計程車在市中區大南街五十六號停了下來，我下車後，朝乾淨整潔的街道望了幾眼。突然有些迷茫。

偌大的街區，數十萬人居住在這裡。光靠我一個人尋找本地員警都找不到的兩個女孩。這個難度也未免太高了。哪怕是我，或許也有些力有不逮。

但是，也並不是完全沒有找到她們的可能。

林曉薇和顏小玲身上，究竟發生了什麼。死女人林芷顏居然會拜託我找自己的親戚，這件事本來就不太正常。

難道，兩個女孩遇到的事情，超過了警方的能力範圍。就連林芷顏都會感到棘手？林芷顏，是不是知道些什麼，卻不知為何對我隱瞞了？

直覺告訴我，兩個女孩的失蹤案，恐怕並不單純！

第二章 病氣大廈（下）

板城繁華的市中心人來人往，人行道上，每個人的腳步都匆匆忙忙。一千個人，就有一千種想法。每個從我身旁路過的人，誰知道他們急著去過怎樣艱難或開心的生活呢？

我並沒有急著去找林曉薇，而是跑到人行道上一家網紅奶茶店買了一杯特色奶茶。中藥味的奶茶，喝起來別有一番風味。

隨便找了一張椅子坐下，我將平板電腦打開。一邊喝奶茶，一邊仔細閱讀黎諾依寄給我的資料。

關於林曉薇以及顏小玲失蹤的資訊，果然還是太少了。林曉薇是在前天早晨十點二十六分，傳了求救簡訊給死女人林芷顏。也就意味著，從她們遇到麻煩開始，已經過了五十個小時。

接到求救簡訊後，林芷顏就藉楊俊飛的關係網，繞開成人失蹤四十八小時才能報案的規定，請警方調查。而板城警方確實派人去調查了。但是調查的結果，並不令人開心。

林曉薇和顏小玲是同事關係，兩人在一家廣告公司上班。那家廣告公司不大，也才十來個員工。這兩個單身女孩最近一年經常在一起玩。

林曉薇不久前有男朋友，但是分手了。警方聯絡了她的前男友，並沒有發現可疑的地方。她的前男友也不曉得林曉薇的下落。

而顏小玲的身世就有些複雜了。這女孩所有的親戚都死的死，失蹤的失蹤。就剩下爺爺相依為命。五天前，顏小玲的爺爺也死了。顏家在市中心有一棟老房子。許多地產公司都想收購。但顏老爺子一直都不肯鬆口。現在顏老爺子死了，地產公司蠢蠢欲動，想要透過顏小玲將地拿下。

在老女人林芷顏的施壓下，警方掌握了重要的線索。發現其中一家地產公司雇人追求顏小玲，並且誘騙她賣地。但是沒多久就被識破了。那家地產公司本就不太乾淨，有黑道背景。乾脆一不做二不休，從派人勸誘乾脆改為逼迫。

當警方把地產公司的老闆找來後，才發現，那老闆派去的三個人同樣也失蹤了。警方將顏家老宅裡裡外外搜查了個遍，卻什麼也沒有發現。附近的監視器顯示，顏小玲以及林曉薇確實走入了老宅所在的街區。

地產公司派去的三人偷偷摸摸的尾隨在背後。但是，他們五個人，再也沒有出來過。

「有趣，果然有問題。也就是說，如果這些人都還活著，肯定就在市中區的某個地方。」我用筆在地圖上畫了一個圈。每個城市的市中心都是監視器的重點設置區域，基本上是沒有死角的。

自己畫圈的地方正好是監視器覆蓋不到的一片盲區。如果顏小玲和林曉薇兩個女孩還在的話，應該就被困在這個圈中的某個地方。

我並不認為兩個女孩以及三個痞子以坐車或其他能躲開監視器的方式離開了。警方不是傻子，早就在各條路上設置檢查哨，但沒找到可疑的車輛。而且三個痞子受人所託為財辦事，自己的老闆都被抓了，自己的親屬被盤查了，事機也敗露了。如果他們真的綁票了林曉薇兩人，現在也該冒頭出來自首了。

畢竟，當地警方的能力還是很強的。他們沒有找到顏小玲和林曉薇被確實綁架的證據，也間接證明了，兩人現在被綁架的可能性很低。

但是五個人，又確確實實失蹤在板城這片繁華的鬧市中。既然林芷顏都感覺棘手的話，那便意味著，問題出在了顏小玲的老宅中？

那棟老宅，有必要立刻去調查一番。

我再次翻看完資料，覺得沒更多有用的線索後，關閉平板電腦。打開手機導航，朝資料裡記載的顏家老宅位置走去。

那棟老宅，離市中心的人行道並不遠，而且位置極為便利。難怪許多開發商都看好這塊並不算太大的土地。走沒多久，我就找到了市中區大南街一百七十九號——顏小玲的老家。

這所被當地人稱為顏宅的房子，其實相當出名。曾幾何時甚至成了旅遊熱點。當我站在顏宅的大門口時，頓時明白它之所以出名，一點都不奇怪。名氣甚至還可以更大點。

不算高的院牆被政府修繕過，水泥牆外修飾著古色古香的木質雕紋。院裡幾株長青的植物探出頭，幾棵薔薇茂盛的盛開在圍牆上。幾朵早熟的紅色薔薇花，已經綻放。圍牆中央有扇不算大的金屬院門，門上殘留著被貼上又扯斷的隔離線。院門沒有上鎖。我隔著鐵門朝裡看了幾眼。青翠的庭院深深，點綴在一棟木質的雙層雕樓四周，清幽無比。

觀察好沒有危險後，我這才慢悠悠地推開小院的門走了進去。

雕樓連院子，大約占地一畝多。不大，也算不得小。庭院裡蟲鳴鳥叫，環境異常舒適。可當自己真的走了進去，卻猛地皺了皺眉頭。

不對勁！總覺得這院子，這房子，都有些不太對勁兒。蟲確實在叫，鳥確實在鳴，可蟲和鳥的聲音通通有氣無力。彷彿是垂死的生物拚命擠出生命中最後一點存在。

還有，剛剛在街道上還不覺得。可一進入院子裡，我就渾身發冷。庭院裡太冷了，體感溫度足足比一牆之隔的街道冷了十度左右。

這一切，都顯得非常的不正常。

「果然，問題出在這棟樓中。」我從隨身的行李中掏出一件外套穿上，走到了雕樓前。這是一棟典型的流浪樓。所謂的流浪樓，並不是說樓被移動過。而是修建它的主人，是外地人。流浪樓的特點很明顯，建築方式以及風格融合了主人故土以及當地的特色。漂亮是漂亮，但終究有些不倫不類。

雕樓大多是由木質結構修成，屋頂的勾簷有著徽派建築扁平突出稜角的特點，而屋頂以下卻保留了川蜀文化。木質的門窗上雕刻了許許多多的人物以及花鳥，甚至還有些神話故事。

我越看，越覺得建築物和庭院，甚至是雕刻的門窗，都有些不搭調。雕樓乍看上去確實很美，但是看多了，卻讓我有一種毛骨悚然之感。彷彿這棟樓，不應該，讓活人住。

可它偏偏又不像祠堂。奇怪了，顏宅修建之初本來的目的，到底是什麼？關於它的歷史，在來的時候我查過，但是什麼都沒有查到。中國地大物博，老東西舉不勝數。老房子的故事，說起來哪個沒有光怪離奇的過往。有過往，在這資訊爆炸的時代，就能查得到。

但是顏宅，彷彿被人刻意抹去時間般。在這網際網路的時代裡，除了建築物本身外，竟然連建築年代在內的一切資料通通都查不到。

顏宅不只奇怪，而且還很不正常。難道是這座宅院的背後，還有一雙無形的黑手，在操縱著？

我搖了搖腦袋，沒有想太多。來到大門前，用萬能鑰匙弄開了老舊的門鎖後，自己走了進去。

顏宅一進門就是桃屋，不大，但陳舊。桃屋中有一口黑黝黝的冰棺材。棺材內是空的。顏老爺子幾天前死了，這口冰棺材應該就是用來保存屍體的。警方前不久為了找顏小玲兩人，全面搜索過屋子。

顏老爺子的屍體，大概是被警方帶去某個殯儀館暫時保存了。畢竟不可能讓一具屍體在所有親戚都聯絡不上的狀況下，任其在屋子中發臭。

兩層的雕樓不小，上上下下七八個房間。我仔細找了一整天，太陽都偏西了，卻什麼線索也沒發現。

照理說類似大小的老樓一般都有暗室，是用來存放貴重物品，甚至危急時刻房子主人一家能躲藏進去保命的空間。可是無論我怎麼找，都沒有發現暗室的存在。

在春日的最後一絲殘陽快要消失前，我終於放棄了，走出了顏宅。本來頹然的覺得今天一整天可能都要一無所獲了。

突然，一個乾巴巴的人影從我面前一歪一扭地走過去。那人影正對著斜陽，而我對著刺眼的火燒雲，不怎麼看得清楚那人的模樣。只是覺得這人走得有些鬼鬼祟祟，不像是要幹好事。

心裡一動，眉頭一皺。從那人身上，自己似乎聞到了一股頗為熟悉的味道。我不動聲色地跟在他後邊。

沒多久，夕陽徹底隱沒在板城市中區的高樓大廈裡。我終於看清了前方那人的背影。是個六七十歲的大娘，她手裡提著一個罐子來到人行道的必經之地，左右看了看逮著沒人的時候，迅速將罐子裡的東西往地上一撒，接著頭也不回地就走。

一股略帶腥臭的中藥味彌漫在路旁。

沒等她走多遠，人行道上的清潔工就發現了藥渣，大罵道：「該死，哪個混帳又亂倒藥渣。家裡有死人，硬是想讓全世界的人都給他陪葬哇。」

我轉頭看了看死活都不願意打掃地上藥渣的清潔工一眼，繼續跟著那個奇葩大娘。老婆婆應該是經常跳廣場舞腳力不錯，警覺性也高。很快察覺到有人跟蹤，拽著藥罐子拔腿就逃。對於她小小的佝僂的身軀爆發出的驚人速度，自己完全沒有預期到。

眨眼功夫，眼看就要將我給甩得沒影了。我也顧不得什麼暴露行蹤，忙不迭地奮力猛追。

一追一趕，隨後進入了一條小巷。已經快被我追上的老婆婆一狠心，腳一止，停了下來。她轉過臉，朝我看來。

看清了她的臉，我的心臟猛跳了好幾下。

這張臉，太可怕了！縱橫的皺紋，破布似的掛在臉上。乾癟的皮膚裡密佈著許許多多黑色的痣。老太婆眼神兇狠，惡毒地看了我幾眼。

還沒等我反應過來，她猛地從藥罐中抓了一大把藥渣朝我臉上扔過來。我下意識地朝旁邊躲去，老太婆就趁機逃掉了。

漆黑的藥渣落在地上，散發著一股說不出來的葷腥氣味。不知道煮的是什麼中藥，我有些慶幸。這味道聞起來，總感覺是毒不是藥。誰知道真沾在臉上了會發生什麼糟糕的情況。

看著老太婆遠去的背影，我沒有再繼續追下去。畢竟追她也只是心血來潮，和這次事件並沒有關係。走出了小巷後，自己驚訝地發現。繞了一大圈後，我又回到了大南街一百七十九號附近。

顏宅就在自己的右側不遠處。緊挨著顏宅的是一棟大約有十一層樓高的簇新建築。板城的土地很少，寸土寸金。當地的開發商要取得土地也不容易，極少有大面積的社區存在。例如自己眼前的這棟樓房，就是孤單單的一棟，矗立在這偌大的商業街背後。

看著這棟樓，自己的心又是一動。大樓右側的一些窗戶正對著顏宅，幾乎能將顏宅院子裡的一舉一動看個清楚。林曉薇兩女的失蹤，住在高層的某些住戶會不會有人碰巧看到過某些警方也沒有掌握的線索呢？

想到這，我覺得有必要一層一層敲門問問。還沒等自己真走進公寓，從樓上不知哪裡，居然飄下來了一張紙幣。

紅色的大額紙幣，隨著風東搖西擺，好不容易才落在離我不遠的地上。我好奇的低頭看了一眼。

紅色紙幣上用顯眼的黑色簽字筆寫了一行大字，「救命。我們在八樓4號房。」筆跡凌亂，寫字的人恐怕是在慌亂無比的情況下用最快的速度寫出來的。804號房？我抬頭向上看了看。這棟公寓應該是一層四戶雙電梯的格局，804號在樓的右側後方，正好在我視線的死角中。

我皺了皺眉，決定先上去看看情況再報警。

無可否認，不管願不願意，已經越來越多的人住在了城市裡。城市的房子就是一個一個的小格子。每一個格子裡住著的人，有的人生活在天堂。但更多的人，不過是在地獄裡苟延殘喘。

因為家庭瑣事引發的家庭成員之間的打鬧幾乎無時無刻不在發生，許多人在吵鬧中都會做出各種不理智的行為。一般的家庭瑣事就算是報警了，也不過是浪費警力罷了。

自己來到門口，準備搭乘電梯上去。可是兩臺電梯都停在頂樓，怎麼樣都沒有下降的意思。

大樓內，出人意料的冷。冷得人有些受不了。不知為何，這凍徹心扉的冷意，居然讓我想到了顏宅。一樣的陰森，一樣的帶著不祥的氣息。

電梯顯示燈和大廳的燈光，毫無規律地閃個不停。將整棟大樓映得鬼氣森森，壓抑無比。

「挺新的大樓，電力系統還出問題，八成又是個豆腐渣工程。」我暗自咕噥著，放棄了電梯，繞道樓梯往上爬。

沒費多少功夫爬到了八樓，找到 804 號房。我先用手輕輕地敲了敲門。房裡沒什麼動靜。

又用力敲了幾下，終於，遠遠地傳來了幾個女人的尖叫，和幾個男人的大喊。

「有人來了，有人來了。得救了！」隱隱的，女人的聲音慌亂地嚷著。有男人喊道：「外邊的是誰，能不能找人替我們把門打開。」

「裡邊出了什麼事？我撿到了你們丟下去的寫著字的錢。」我衝門裡邊喊：「要我幫你們報警嗎？」

「不要報警，千萬不能報警。找個開鎖匠打開大門就好。」裡邊的女人隔著幾個房間大聲說。

「那行，開鎖這件小事，我就能代勞。」我聳了聳肩膀。公寓裡的房子看起來都不大，不可能住得下四、五個人。但聽起來這間屋子中至少有五個人以上。又不准我報警，該不會是開什麼淫亂大會一類的不正常 Party，結果把事情搞大了吧。

我用萬能鑰匙打開了鎖，往裡邊瞅了幾眼。大門後邊就是客廳，整個客廳都亂糟糟的。扔滿了啤酒瓶和食物。牆上還亂七八糟地噴了醜死人的彩繪，甚至還有一大坨如鮮紅血液一樣的噴濺液體，灑滿了整面牆壁。

如果這房子是租的，他們的押金大概是要不回去了。

就在我準備轉身離開的瞬間，自己的眼睛猛地一縮。視線一眨不眨地停留在了牆上的噴濺物上。

不對，這不是顏料。是真正的血液。

是，人類的血！

同是生物，每種動物的血液其實都是不同的。味道也不同。人血有一股甜腥，平常人很難分辨。但是經歷過那麼多事，見過無數死人的我，第一時間就判斷了出來。

我皺著眉頭，一步一步地進入客廳。踩著滿地的食物殘渣以及垃圾，站在有血的那面牆前。

牆已經被染成了濃濃的猩紅。足以說明灑上去的血量很大，染紅如此大面積的牆壁，恐怕需要一個成年人全身一半的血液。

突然，我驚訝了起來。濃烈的血腥中，牆的正中央還有更濃的紅。那紅隱藏在染紅的血裡，不顯眼，卻比紅色的牆壁更加的深。彷彿有什麼東西，蚊子似的將一個人拍死在牆上。五臟開裂，屍骨無存。極快的速度和力量讓那人的血根本來不及噴濺到附近，就已經連人帶骨的印在牆，只留下一個影。

我很疑惑。如果真有那麼一個東西能將人一把拍死，那力量需要多大？詭異的是，牆居然一丁點事都沒有。既沒有裂開，就連牆皮都沒有破損。

整面牆，連牆帶著人的血影，都透著一股陰寒的謎。

「兄弟，大哥，你把門打開了沒有。」屋裡那群男女聽我沒開腔，大聲道。

我整理了一下思緒，應道：「打開了，打開了。」

剛剛在想事情，不由得陷入了思考死角中。現在轉頭一想，這些人挺奇怪的。明明有手有腳，大門也沒有反鎖，為什麼偏偏要門外的人費盡功夫找開鎖匠開門？任誰走出來，用手就能把大門打開了啊。

不對。事情越發的透著詭異了。難道這房間裡，還有些我不清楚的秘密？

「打開了你就走吧，謝了啊兄弟。我們不想害你，真的。」其中一個男人朝我喊著，他的語氣喊到一半，頓了頓：「你可千萬別進來。」

「為什麼？」我下意識地反問了一句。屋子裡，果然是出事了。不然為什麼急著趕我走？

「我操，兄弟。聽你聲音怎麼那麼近？你該不會進來了吧？」又一人急匆匆地吼道。

我苦笑著摸了摸鼻子：「抱歉，我在客廳裡。」

「你奶奶的。完了，你完蛋了。」前一人的聲音裡透著止不住的恐懼。

從他們莫名其妙的話語中，我察覺到了不對勁兒。這些人在為我擔心？他們在擔心什麼？

就在這時，一個還算冷靜的女孩開口了。她的語氣焦躁又急促：「外邊的哥，你叫什麼名字？」

「我叫夜不語。」

「哥，你冷靜地看看四周，有沒有發現什麼異常狀況？」女孩說道。

「沒有啊。」我環顧了亂糟糟的客廳幾眼，沒發現異常。這個客廳並不大，大約二十幾平方公尺。沒有陽臺，只有個封閉的落地窗。窗外是黑盡的夜，霓虹燈在城市裡閃爍不停。我渾身抖了一下，難以置信地看著落地窗的倒影。

只見玻璃上倒映著大門的景。幾分鐘前被我打開的門，不知何時竟然悄無聲息的合攏了。

「門不知道怎麼突然關上了，這算不算異常？」我問。

房間裡一陣沉默後。那個女孩撕心裂肺地吼叫道：「哥，什麼都別問了。你拚命跑，跑進走廊最裡邊的這個房間。千萬不要停下。進了房間，立刻跳上床。」

如果不是她的聲音裡有壓抑不住的驚慌、如果不是知道房間裡有複數的男女，只用話裡的內容判斷，我會以為她邀請我上床做羞羞的事。

但她的語氣容不得我多想。在她話音一落進耳朵後，我就拔腿拚命跑了起來。自己嗅到了不尋常的氣息。我根本來不及懷疑女孩話裡的內容。

「快一點，再快一點。如果你不能在十秒內上床……」

「你會被那東西，殺掉！」

我拚命地跑，明明眼睛裡沒發現任何威脅。可是我不敢怠慢。跑進走廊，穿過走廊，一腳踢開了最裡邊的那扇門。

來不及看門中房內的情況，我的視線瘋狂地搜索著床的位置。

就在這一剎那，異變突生！

第三章 死床

許多人都認為小說比人生精彩，可是哪一個人的人生，又比小說少多少意外呢？現實中發生的事情，哪怕小說家摳破腦袋去妄想，許多東西，是想也想不出來的。

例如我現在遇到的事。

當自己跑進這間陌生的臥室的一瞬間，腳下的強化木地板突然變軟了。本來堅硬的表面，竟然蕩漾起一圈又一圈水漣漪似的波紋，怪異得很。

我往前跑的腿一個踉蹌，險些摔倒在地上。

自己一邊深呼吸，一邊繼續往前走。可是我已經沒辦法跑了，我在往下沉，很快自己腳踝以下的身體就下沉到了木地板中。更可怕的是，水波般的木地板更下方的深處，似乎有什麼生物在游動。

該死。這實在是太不科學了。一般大樓的地板確實是有夾層，但每一層從上一層的地板到下一層的天花板，厚度最多也就五十公分罷了。

我在泥潭似的木地板上拚命掙扎前進，走得極為艱難。沒多久，自己的小腿也已經陷入了地板內。越往前走，下方越深。

木地板周圍，那些看不清楚，只能靠直覺才能發現的恐怖生物，正在朝我游過來。

假如它們真靠近了我的話，用膝蓋想，下場都絕不會優美。

「你就是替我們開門的小哥吧。叫夜不語的那個？快點！快！那些東西要來了。」一個女孩的聲音急促地鼓勵我：「只要爬到床上，你就暫時安全了。」

床！床在哪兒？

我瞇了瞇眼睛，迅速掃視了房間一眼。這個臥室並不大，也就十六平方公尺罷了。一張不足一百六十公分寬的小型雙人床擺放在臥室的正中央，離門的位置也才一公尺多。

可就是這一公尺多的距離，猶如咫尺天涯，令我有心無力。

我仍舊在不停地往下陷。自己的腰部已經下沉到了木地板中，下陷的深度足足超過了一公尺。照道理我應該踩穿了樓板，雙腳已經大部分懸空到了樓下住戶的天花板上了。可詭異的是，自己的腿仍舊能感覺到支撐和摩擦，下方仍舊不知深度幾何。

自己彷彿陷入了深不見底的沼澤裡，越往前走，越是艱難。我冒著冷汗，拚命的冷靜。我什麼都不敢想，集中注意力往裡走，往床的方向前進。

從我踏入臥室到現在，不過五秒左右而已，可自己覺得已經過了好幾個漫長的世紀。而與床五十幾公分的距離，也越發的遙不可及起來。

我很累，那些看不見的地板下方的怪物，逼近了我，就要將我拽住了。自己的心在發冷，沒想到我會在最不可能的地方死掉。這，算不算是一種諷刺？

就在我開始絕望時，床上那個最靠近我的女孩「啪」的扔過來一個東西：「夜不語先生，快抓住。」

我不假思索，下意識地抓住了它。居然是一條女用皮帶。

「抓緊，我們要拉了！」女孩的聲音又傳了過來。

我雙手抓緊，猶如抓住了救命的稻草，死都不敢鬆手。巨大的力量將我從地板沼澤中往上拉，明明速度不慢，可在我的感官中，卻慢得異常。

看不見的怪物們，在地板下聚集。一群一群，迅速地朝我竄來。就在快要碰到我的一瞬間，自己的身體終於被床上的人拉了起來。

可是速度太慢了，那些東西緊追著我不放。甚至有一隻已經咬到了我的鞋子。我一咬牙，拚了。迅速放開手裡的皮帶，雙手抓住床擋，用力一撐整個人跳躍起來。同時雙腳一甩，把被咬住的鞋也脫掉了。

緊跟在自己身後的是一大群魚一樣的生物，它們從地板內躍出，猙獰的牙齒在空中發出咬空的「啪嗒」巨響。

我的身體在空中畫過一條弧線，落在了床上，在床墊上彈了幾下。用盡力氣的自己，死魚般喘息著，躺著起不來。

躍入空中的攻擊性魚類跌回地板上，在泛著漣漪的地板內游了幾下後便消失不見了。地板又恢復回本來的模樣，看起來結實光滑，絕對沒有死亡陷阱。

可死裡逃生的我，怎麼可能不曉得這個平常如初的地板有多麼兇險。自己再也不想再來一次了。

我好不容易恢復了一些精力，腦袋也活絡起來。太奇怪了，普通的地板居然泥潭似的不知道深淺，而且還有怪魚。這一切都很難用科學來解釋。這棟普通的大樓中，到底發生過什麼？

想著，我朝床上的幾個人望去。

沒錯，床上確實還有人。一張普普通通的小雙人床上，很難想像，居然滿滿地塞了五個人。加上我，就有六個了。

這三女兩男組合，正面帶呆滯和恐懼地看著恢復正常的地板。其中一個女孩似乎察覺到了我的眼神，視線轉向了我。

「夜不語先生，你好。我叫榮安安。」女孩有著一張清秀的臉，大約二十歲左右。長長的秀髮凌亂地紮在一起，額頭的劉海因為汗水貼在了皮膚上。聽她的聲音，正是剛剛一直鼓勵我，提醒我逃到床上的人。

床頭牆上的正中央位置，掛了一個黑色的鐘。時針剛剛路過了八點。床頭掛鐘，這麼不吉利的事情都敢做，這屋子主人的性格八成也是個奇葩。

床本來就小，剛才為了空出讓我跳起來的位置，床上的五人不得已擠到了一起。我緩過勁兒來後，坐起身體，讓出了空間。

空間一留出來大家就扯開了距離。我的眸子縮了縮，心裡有了些判斷。床上五人顯然並不是太熟，畢竟和不熟悉的人保持一定的空間是人類的本能和自我保護。

「你就是那個叫夜不語的小哥？喲，沒想到還是個帥哥咧。我叫賈琴，這是我朋友廖菲。有微信嗎，咱倆加一個。」賈琴大大咧咧的性格，一邊說一邊掏出手機要和我加好友。

她的朋友廖菲惱道：「琴琴，都什麼時候了妳還忙著泡帥哥。而且手機早就不能用了。」

賈琴吐吐舌頭：「糟糕，我忘了。」

手機不能用了？我連忙掏出了自己的電話。果然，雖然還能開機啟動，但是卻收不到任何訊號。

難怪床上的人只能用將錢扔出去求救這一辦法。這也確實是眼前唯一有效的自救方法了。

「兄弟，實在抱歉把你拖進麻煩裡了。我叫彭東。」坐在床左側的魁梧男子，口氣和模樣像極了混社會的義氣大哥。年齡也不大，二十歲左右：「這是我兄弟陳迪，性格有點二逼。他說話不好聽，你可千萬別見怪。」

彭東用力拍了拍自己旁邊的一個瘦竹竿青年。

青年撇撇嘴，「彭哥，我說話是不好聽，但是也用不著見人就說嘛。」

廖菲顯然和陳迪有過節，冷哼了一聲：「陳迪，你嘴巴有多毒你自己不清楚。你知道你能活到現在，是法治社會救了你嗎？」

說著，女孩神色黯然地嘆了口氣：「而且，鬼知道我們一堆人要在這張該死的只有三平方公尺的床上待多久。不提前讓陌生人有心裡準備，小心你被人從床上扔下去。」

她的話，讓床上的眾人都不由得沉默了。

我在眾人的沉默中，好好地打量起四周。這間只有十六平方公尺大小的臥室，物品並不多。床擺在正中央，床的右側就是一面寬六十公分，長一百七十公分的窗戶。床腳靠牆的地方，有一個小小的梳妝檯。梳妝檯下有張椅子，就沒別的了。

很普通的擺設，甚至看不出住在臥室裡的主人是男是女。我下意識地又瞅了瞅剛剛差點要了我的命的地板。

淺棕色的強化木地板，上邊佈滿仿木的花紋。無論怎麼看，都不會讓人聯想到這廉價的木地板下暗藏殺機，隱藏著離奇詭異的超自然現象。

沒有頭緒的我，視線回到了床上五個人的臉，沉聲道：「誰能告訴我，這個房子裡究竟發生了什麼事？」

「確實，應該跟兄弟你解釋解釋。」彭東說完這句話，眼神卻落在了榮安安身上：「安安，事情妳最清楚。妳來講吧。」

榮安安面無表情，也沒看他，只是對我說道：「那就我來解釋吧。事情，要從前天說起。」

前天？我心裡一動。前天不正是顏小玲兩女失蹤的日子嗎！難道她們也遇到了和這間屋子類似的詭異事件？

在榮安安的講述中，我終於搞懂現在的狀況有多糟糕了。

這間房子，不是榮安安的。甚至床上的其他四個人，沒有一個是房子的主人。馬斯洛說生理需求、安全需求、社交需求、尊重需求和自我實現需求，是人類最基本的五個需求。但無論已開發國家還是開發中國家，這五個需求，其實還有許多人根本無法實現。

衣食住行，在這個和平的世界裡，衣食無憂已經變成了基礎。行也不是問題。可是住的問題，卻變得越來越矛盾激化。在板城這個典型的地少人多的城市，哪怕是本地人，住這一需求，也越發地難以滿足。

高昂的房價，低廉的工資。本地人想要買間房，極為艱難。特別是年輕人。

榮安安，賈琴……等等，床上的五個人，其實在三天前都還不太熟。只不過他們都有一個共同的朋友——賴子民。

賴子民是個勤奮的人，他和榮安安在同一間公司工作。作為新人他是很拚的，晚上還兼職，開著自己的那輛車走街串巷當出租車司機。

就這樣拚命努力了一年半，這位仁兄勵志地存了五萬塊。加上他老爸老媽贊助的幾十萬，終於在板城市中心首付一半，買了一間六十幾平方公尺的住宅。

房子雖然小，但他卻是自己一眾朋友中第一個買房的人。大家都羨慕不已，賴子民剛將新家裝潢完，就有朋友慫恿著要他在新家裡開個 Party，讓眾人熱鬧熱鬧，順便慶祝。

有了家的賴子民意氣風發，再加上有家了還缺少個女主人。本來便對榮安安有意思的他，也想藉此對這位冷美人展開愛情的攻勢。

於是賴子民在前天晚上請了十幾個朋友到家裡開趴。榮安安本來不想去，但拗不過幾個同事的邀請，最終還是去了。

直到現在，女孩都恨自己意志不堅定。誰知道，這一去，就踏入了地獄裡。

前天晚上八點過後，榮安安買了一束鮮花到賴子民告訴大家的地址。市中區大南街一百七十號，朗境大廈 804 房。剛踏入這棟大樓，她就猛地打了好幾個冷顫。

大樓大廳異常的冷，穿著單薄長裙的她雞皮疙瘩都冒了出來。刺入骨髓的，不只是冷，還有一股壓抑和陰森。人的本能告訴榮安安，這鬼地方有危險。

可是數千年的城市生活，已經讓大多數人不再相信自己的直覺。雖然榮安安有些害怕，但她還是搭電梯上了八樓。女孩決定和賴子民以及其他同事打個照面便離開。

走到 804 號房前，房門大開著。客廳和飯廳佈置得很有氣氛，許多食物擺放在靠牆的小餐桌上。客廳裡影影綽綽，大約有八九個人在隨著音樂聊天跳舞。

公司同事後輩小張眼尖，見榮安安來了，立刻上前打招呼。穿著黑色長裙的榮安安和他聊了些沒營養的話後，問：「賴子民呢？」

榮安安有些奇怪，作為主人家，怎麼一直都沒有見到賴子民出現招呼客廳的朋友呢？難道在房間裡還有準備別的？

小張也納悶，「我都來一個多小時了，也沒見到賴哥。」

「他不在家？」女孩有些驚訝。主人家都不在，還開什麼 Party？

「誰知道呢。總之大家成雙成對玩得挺嗨的，管他主人在不在。安姐，來，進去吃點東西。」小張倒是個不客氣的人，拉著榮安安跑到餐桌前，讓她隨意拿。

榮安安隨便吃了些東西，越發的不知道該在這個沒有主人的 Party 上幹嘛。她準備上個廁所就離開。

進了廁所，關好門。正在女孩要蹲下身小解的時候，突然，她全身所有的動作都停滯了。女孩感覺廁所角落裡，有一種邪惡的視線，在盯著她。

「有人偷窺？」榮安安連忙整理好長裙，打量起廁所來。

這個只有兩房兩廳的小家庭式，浴室肯定大不到哪裡去。但是設計還是不錯的，乾濕分區，馬桶在浴室的最裡側，正對面就是用玻璃隔開的洗澡區。玻璃隔出了不足一平方公尺的區域，磨砂玻璃不透明，看不清楚裡邊究竟有什麼。

榮安安藉著浴室不明亮的燈光朝裡看，看到裡頭有一團黑影，像是一個成年人蹲在地上。窺視感，就是從那裡傳來的。

榮安安看上去柔弱，其實膽子比一般人還要大。她遇事從來都能冷靜面對，女孩深吸了一口氣。對於偷窺女生的行為，略有正義感的她絕不姑息。

「誰在裡邊。」她氣沖沖地衝著玻璃隔間裡喊道。

淋浴間裡，沒有一息聲音。音樂從門縫裡透入，帶著一股變調的陰森。

「到底誰在裡邊，再不出來，我就要報警了。」榮安安在心裡唾棄那一聲不吭的人渣偷窺者。

膽小的偷窺者在隔間裡，隨著她的喊叫動了動。但仍舊沒有出來的意思。

女孩氣惱地三兩步走上前，左手抓住馬桶刷防身，右手扯開阻隔的玻璃門。她的視線在淋浴間中掃視了一秒鐘，頓時臉色大變，渾身發抖地猛向後退了兩步。

淋浴間中，確實有人。一個男人。可是這個男人不正常，他只剩下了半個身體。地面血色橫流，但都被擋水板擋住，殷紅的血液孤獨地流入了地漏裡。

男人的身體從腰部斷掉了，不，確切的說他腰部以下的位置全都沉入了瓷磚地面。他拚命地張嘴，卻什麼聲音也發不出來。男人的嘴中，殘留著斷掉的舌頭。他瞪大了眼睛，眼神卻沒有任何焦點。

男人快要死了，甚至發不出輕微的鼻息聲。他就那麼睜大眼，等待著死亡解除痛苦。看那扭曲的臉，榮安安分辨出了男人的身分。是屋子的主人，也是自己的同事賴子民。

榮安安尖叫了一聲，刺耳的叫聲驚動了廁所外的眾人。沒多久就有人用力敲門：「喂，出什麼事了？」

快死掉的賴子民努力地看向榮安安，渙散的眼神裡帶著痛苦與恐懼。女孩嚇得手腳不停的發抖，不斷往後退。

「喂，離門遠一點，我要撞了。」門外的幾個男人見榮安安沒動靜，也沒將反鎖的門打開，準備撞門。

榮安安被賴子民可怕的淒慘模樣嚇得沒辦法動彈，只聽「啪」的一聲，浴室門被撞開了。門外的人蜂擁著擠進來。剛進來的男人看著榮安安慘白的臉，順著她恐懼的眼神看向玻璃隔間。

頓時也嚇得一屁股坐在了地上。

緊接著女人的尖叫，男人倒抽涼氣的聲音不絕於耳。之後就是冰冷的死寂。榮安安的同事彭東也來參加 Party 了，他還算冷靜。走上前查看了賴子民的情況。

賴子民不堪疼痛，嚥下了最後一口氣，死不瞑目地離開了人世。

「他死了。」彭東不敢摸賴子民的屍體，用力深呼吸後說：「誰用手機先報個警？」

男人女人們哆哆嗦嗦地亂成一團，一個女孩用顫抖的手摸出手機，差些哭出來：「沒訊號。」

公司後輩小張往門外跑：「走廊有訊號。我來之前還在那兒接過電話。我去報警。」

他快步離開令人作嘔的浴室。

「到底發生了什麼？」彭東沉聲道，看向榮安安。

「我也不清楚，打開隔間門，發現賴子民時，他就這副模樣了。」榮安安害怕地抱住肩膀。

屋中的冰冷，越發的刺骨。一股陰寒不知從哪亂竄在房間的全部角落。彷彿預示著，恐怖，才剛剛開始。

「你們看，賴子民死前，好像用手寫過什麼。」一個眼尖的女人指著賴子民屍體旁的牆上。

瓷磚材質的牆壁上，賴子民用自己的血，寫了幾個字。

「該不會是兇手的名字吧？偵探小說都這麼寫。」同是公司同事的陳迪上前幾步，想要看個仔細。

榮安安離屍體很近，她睜大眼一看。只見牆上的血色字跡已經模糊，但依舊能分辨出寫的是什麼：

別下床！

「別下床？」女孩眨巴了下眼睛，沒搞懂意思。

「該不會是直接寫兇手的名字，賴子民害怕會被兇手擦掉。所以用隱晦的方法告訴我們，兇手是誰？別下床？」彭東摸著下巴，猜道：「床。意思就是兇手和他很親密，至少他們上過床。」

說著，眼神就朝榮安安飄過來。

惡毒出名的陳迪一把抓住了她：「榮安安，賴子民對妳有意思誰都知道。該不會是妳殺了他吧？妳跟他上了床，然後被他甩了。這情殺戲碼可不少。」

榮安安憤怒地甩開了他的手，張口就準備國罵。這時，要去走廊打電話報警的小張，突然發出一陣慘叫。

一愣之下，大家全都拔腿朝大門跑去。剛到大廳，所有人都嚇到了！

第四章 活下去的方法

生活，只有你真正把腳踩進去，不擔心亂石或水蛭，才能活得自在。大多數人的生活，只是活而已。集體的世界，讓每個人都隱藏了太多的東西。學校也好，公司也罷。每個人都在為自己活，希望能活得更好，而想方設法的讓別人無路可活。

賴子民不大的家中，擠了九個人。已經走到大門前的小張，沒來由的整個人就沉了下去。結實的木板變成了水波蕩漾的液體，泥潭中掙扎似的小張驚惶失措地大叫著，想要爬起來。

可越是掙扎，他下陷的速度越快。很快他就沉了半個身體下去，剩下的八人見到這詭異的一幕，個個都面露恐懼。

「這是怎麼回事？這棟公寓是豆腐渣工程，地板上有洞？」一個榮安安不認識的男人用發抖的聲音自言自語。

「怎麼可能是洞，明明是樓板變成液體，那人陷下去了。」他旁邊乖乖女模樣的女孩顫聲道。這人榮安安認識，不久前還跟她自我介紹過。叫廖菲。

「救我。把我拉出來。求求你們了。」小張哀求著。

「對啊，得快去救他才行。」榮安安想要跑過去，卻被彭東一把拽住了胳膊。

「妳看清楚點，他周圍都是液化的地板。如果要救他的話，妳確定自己靠近時不會也陷進地板裡？」彭東分析。

榮安安為人直率，但是並不傻。她冷靜下來，尋找可以用來救人的物品。鬼知道地板是怎麼液化的，而小張又是怎麼陷進去的。但他在往下落，再不救他，小張的頭都會沒入地板，窒息死亡。

女孩的眼睛落在了沙發上。賴子民新家的沙發不大，她跑過去試著推了推，推得動。

榮安安拚命將沙發推過客廳，推到了大門前。很好，沙發沒有陷下去。小張如同抓到了救命的稻草，死死地拽住了沙發的一根腿。

女孩跳到沙發上，踩上去，爬到地上。手用力地想要抓住同事小張的胳膊，就在這時，異變突生。

她身後的廖菲驚呼了一聲：「榮安安，小心下邊。」

榮安安瞪大了眼睛，突從腳底湧上了一股毛骨悚然的惡寒。只見木紋地板上泛起了一波一波的水波，似乎有什麼在地板之下游來游去，繞著小張轉圈。

「地板下有怪物。」客廳裡的七人尖叫著，驚悚不已。

地板下的東西，靠近了陷入地板掙扎得有些精疲力盡的小張。沒聽到什麼聲音，就見小張猛地瞪大了眼睛，一絲血紅逐漸蔓延在眼球上。接著是嘴巴、鼻子、耳朵。

大量的血液從小張的七孔裡湧出，彷彿自來水開鬧似的，止都止不住。

所有人頓時都明白了屋主賴子民究竟是如何死掉的了。小張慘死的模樣，和賴子民一模一樣。

「榮安安，小心。那東西朝妳游過來了。」廖菲捂著嘴尖叫。

榮安安根本不敢看，她一咬牙，拚命往後一翻，整個人往後翻起，滾到了沙發後方的地板上。說時遲那時快，地板下的怪物冒出了身體，發出「啪嗒」一聲響，狠狠地撞在了沙發上。

沙發被撞得飛起來，遠遠地落回了客廳中。

榮安安害怕不已，如果自己沒有及時從沙發上翻下去，恐怕就和沙發一起飛起來。當重重掉在地上時，誰知道會不會傷到腿腳，到時候連逃都逃不掉了。

「你們有看到地板下的是什麼嗎？」彭東急聲道。怪物只浮出了一丁點身體，而且動作極快，他沒有看出到底是什麼。

可是不只他，其他人也沒看清怪物的模樣。小張死了，他的屍體連同血液，一起沉入了地板中，了無痕跡。恐怖的木地板，又恢復了原本的模樣。

剩下的八人面面相覷，一動也不敢動。

「奶奶的，這到底發生了什麼事，趁現在我們立刻逃出去？」陳迪瞳孔睜大，嘴裡說要逃跑，可他的腿卻抖個不停，根本邁不出步。

別說他，榮安安和彭東這些個還算冷靜膽大的，也不敢動彈，生怕發出了任何聲響。自己也會變成怪物的獵物。

「賴子民應該就是被地板下方的怪物殺掉的。」一群人原地不動站了好一會兒，榮安安打破了死寂：「可那怪物，究竟是什麼？為什麼會隱藏在地板下？木地板，又是如何變成一灘會讓人下陷的液體？」

「或許是那怪物本身就能液化地板。」彭東沉聲道：「現在最大的問題是，怪物出現的規律，以及我們怎麼才能逃出去？」

陳迪用鼻子抽了抽氣，「啥意思？我們如果一起往外逃，還逃不了嗎？」

榮安安皺了皺眉，「不好說。小張就是在房屋大門口遇害的。假如觸發那怪物攻擊的要素，是有人想要離開呢？」

「不要！不要！不要！」大家都是平凡人，哪裡經歷過這般可怕的陣仗。離榮安安最近的一個女生率先情緒崩潰了。她哭著嚷著，尖叫著邁步朝大門跑去。

榮安安下意識地想要將女孩拉住，一旁的彭東卻一把拽住了她的手。她憤怒地衝他喊道：「放手。」

彭東沒放，眼睛一眨不眨地看著往外逃的那女生。

從客廳到大門不到十公尺，很快女孩就跑到了大門前。毫無徵兆的，原本敞開的房門「啪」的一聲被一隻無形的手關閉了。

所有人都嚇得瞪大了眼。只見一隻腳就要邁出大門的女孩整個人都撞在了防盜門背面，她跌倒在地後，撞得地上水波粼粼。

「小心，快爬起來。」榮安安衝她喊。

但卻已經晚了。被撞得不輕的女孩四肢朝天，雙手無力地在空氣裡揮舞著。她在不停往下沉沒。液化的地板範圍，彷彿比小張死前又大了一圈。在女孩周圍出現了幾圈比較小的波紋，圍繞著她轉個不停。

「有東西咬我。」女孩全身都沉入了地板下，她只來得及尖叫一聲，就陷入了沉寂。女孩脖子以下被液體裡的怪物咬斷了，只剩下腦袋兀自漂浮在水面。

液體下方傳來打飽嗝的聲音，一張猙獰的大嘴從地板浮出來，咬住女孩的腦袋拖入了水中。

這一次，地板的液化沒有消失。反而順著大門朝剩餘的七人蔓延。越來越近。剩下的人全都嚇得手腳發軟。

「完了，完了。」陳迪冷汗直流。

「還傻站著幹什麼，大家快都離開地面。」彭東吼道。他快步爬上了沙發。其他幾人也不慢，手忙腳亂地尋找最接近的家具往上爬。

榮安安也上了沙發的一角。液化的地板已經蔓延到了客廳，水波粼粼的地板彷彿倒映著木紋的水面，平靜，卻又帶著致命的危險。

水下咕嚕咕嚕地冒著氣體，似乎有東西在下方吐息。怪物不止一隻，甚至，沒有人能數得清楚它們的數量。每一個有人爬上去的家具附近，總有一圈波紋在默默地等待著。轉了一圈又一圈，它們在狩獵，它們極有耐心。它們在等待著人類鬆懈，尋找最佳的攻擊瞬間。

屋內空間變成了無聲的世界，液化地板下方的怪物們，游到了一個爬上椅子的男人下方。

那男人全身發抖，歇斯底里地大叫著：「不是我，怎麼會選我。我不會死，我不會死。老子還沒結婚呢。」

普通人面對超出想像的恐怖事件，除了戰慄外，無能為力。

隨著他全身抖動，男子身下的凳子也在抖。凳子在液化的地面上往下沉，有一個大水圈來到了凳子下方，一個轉身，將凳子掀了起來。巨大的力量下，男人整個身體都被掀到了空中。

還沒來得及落地，一條巨大的有半個人那麼粗的，長得如同魚尾巴似的物體從液化地板下方飛速彈出來，重重地抽在那人的身體上。

男子慘叫一聲，身軀被抽得撞到對面的牆壁上。血水橫流。他如死了似的，沒有掙扎。貼著牆落向地面，被地下的怪物生吞了下去。

震撼的一幕嚇得剩餘六人目瞪口呆、心驚膽戰。牆上只殘留下一個殷紅的血印，那是死掉男子在這個世界上最後一點痕跡。

「怎麼辦，爬上家具似乎也不保險啊。」廖菲的好友賈琴用乾澀的聲音問。

榮安安沉聲道：「那些怪物在選擇受害者。它們或許是準備從最小的家具開始逐漸蠶食我們。」

沒過多久，女孩的話就被印證了。

爬上電視櫃的女孩附近，地板開始液化，水圈蕩漾著朝她聚集。

「快跳過來。」爬在靠客廳中間位置茶几上的廖菲和賈琴衝那驚惶失措的女孩叫道。這間公寓不大，電視櫃和茶几之間距離只有一公尺左右，鎮定些，邁一步就過去了。

女孩雖然慌忙，但也清楚性命攸關，不敢怠慢。她深呼吸一口氣，憋住力氣，從電視櫃上跳了起來。

在她跳起的瞬間，一個人頭大小的怪物以迅雷不及掩耳之勢也跳了起來。還好，女生平時在健身房練過瑜伽。她在死亡的威脅下，爆發出了驚人的反應能力。收小腹，在空中一扭腰，險之又險地避開了那張猙獰的大嘴。

女孩落在了廖菲兩女為她留下的位置，氣喘吁吁。一臉死裡逃生的慶幸。

「別高興得太早，你們看。」彭東指了指地面。

電視櫃沉入地面一半後，地下傳出一陣吃錯了東西的嘔吐聲，接著將櫃子吐了出來。粼粼水波蕩漾，地板的液化範圍開始向茶几蔓延過去。

「完蛋了，爬到家具上，難不成只能讓我們多活幾分鐘？」廖菲面如死灰，絕望地說。

榮安安拚命地冷靜又冷靜，大腦思索個不停。突然，她想到了些什麼：「不一定。」

彭東睜大眼，「妳也想到了？」

「嗯。」女孩點頭：「大家都去過浴室，見到過賴子民的屍體。他用血留下了遺言。」

「他寫的是，別下床。」賈琴喃喃道。

「這就是重點。」榮安安深吸一口氣：「我來的時候問過，所有人都沒見到屋主賴子民。假設房間裡的恐怖事件，早在我們來之前就已經發生了。而賴子民作為第一個犧牲者，掌握了比我們更多的資訊。那麼他臨死前的遺言，就非常有參考意義。」

「妳的意思是，我們要逃到床上去？」廖菲雖然柔軟，但絕對不笨。

「沒錯。我們也親眼看到了，爬上任何家具，都逃不過攻擊。怪物也不可能讓我們逃出去。這裡是八樓，我們跳下去也只是找死。」榮安安嘆了口氣：「我們沒有選擇，只能賭一把了。如果賴子民的遺言是正確的，那麼逃到床上，大概能暫時保命，不會受到攻擊。到時候咱們再仔細考慮別的逃生方法。」

「榮安安和我想的一樣。」彭東說道：「事不宜遲。我跟賴子民是好朋友，這間房的裝潢我也幫了他不少，對屋子的格局比你們都清楚得多。雖然這是兩房格局，但走廊邊的房間，賴子民作為書房，裡邊沒有床。可是走廊盡頭的另一間房，裡邊確實是有床的。不過我們需要在地板上跑十幾公尺。」

「十幾公尺！」所有人都倒吸了一口涼氣。在平常，十幾公尺也就是一兩秒鐘跑過去的事，但現在這詭異狀況下，誰知道一兩秒鐘會死多少人。能順利逃到床上的，只能是幸運者。

廖菲突然驚叫了一聲。液化的地板包圍了茶几，一百二十公分長的沉重茶几已經開始往下陷了。

「妳們幾個跳到沙發上，然後我們從沙發的背面往走廊跑。」榮安安吩咐。液化地面以及怪物集中在沙發以及茶几周圍，沙發右側的背面，反而是安全的。

「我來數一二三，我們一起跑。生死各安天命。」彭東也道。

茶几與沙發隔得不遠，賈琴三女有驚無險地跳上沙發後，剩餘六人繞到沙發背面，屏住呼吸憋足力氣。雖然每個人都怕得要死，但，沒有人願意死。

「跑。」彭東見怪物已經發現茶几上沒人了，連忙吼著。他率先跳下沙發，拚命往走廊跑。

一個接一個，每個人都像瘋了似地跑著，腳步邁得飛快。

怪物察覺了人類的動靜，液化的地面轉了一個彎，朝他們追來。

沒幾秒鐘他們已經跑過了走廊，彭東突然大罵一聲，「該死，賴子民那混蛋居然把門給鎖了。」

榮安安等人聽了，額頭上的冷汗立刻就流了下來。

「陳迪，還有妳們，全都給我去撞門。」彭東眼看地面已經液化到了走廊，離他們也就只剩下兩公尺多的安全距離。

生死，不過就只有幾秒而已。

彭東臉色一沉，下了決定。

「對不起。」他猛地抓住身旁那剛剛才死裡逃生的女孩，一腳踢在女孩的肚子上。之後以最快的速度將女孩的身體朝走廊上扔。

「彭東，你瘋了。」榮安安尖叫一聲。

女孩慘叫著，在地上抱著肚子滾。滾了幾下，就被地板吞掉了。但是彭東的殘忍確實贏得了幾秒寶貴的時間。

吞噬了女孩的怪物停滯了些許，就連液化速度也慢了許多。但仍舊在堅定緩慢地往彭東等人蔓延。

「吼吼，給老子打開。」陳迪瘋了一般的撞門，門發出啪啪的悶響，終於在水波蔓延到腳底前將它撞開了。

眾人魚貫著跑進了房間，跳到床上。死魚似的喘息著，哭著。淚水和汗液橫流。

水波蕩漾到床下，轉悠了幾圈後，不見了。

「消失了，真的消失了。床沒有陷下去。」廖菲驚喜道。

但是榮安安環顧了四周兩眼後，心卻沉入了死水中。她知道，他們的命確實是暫時保住了。可更可怕的狀況，正在等待著床上的五人。

聽完榮安安講述的一切後，我大概理清楚了這五人之間的關係，以及他們到底經歷了多麼糟糕的事。

公寓的異變，是從前天開始的。五人待在床上已經兩天半了，從沒敢下床過。一個狹小的兩百公分乘以一百六十公分的空間中要塞五個人，這根本就是煉獄。

人雖然是群居動物，但是每個人卻都希望擁有自己的空間。這是人與人之間的界線。但一個人與另一個人產生矛盾後，只需要躲入自己的空間裡獨處。許多矛盾就會解開。但是床上五人顯然是不可能有獨立空間的，這床，就連晚上五人一起躺著睡覺都不可能做到。

榮安安清秀漂亮的臉蛋下隱藏著略有正義感的心。她憎恨彭東親手害死了兩個人。可在我看來，彭東的手段雖然惡劣，但在當時的情況下，卻是最好的辦法。犧牲最少的人，拯救最多的人。自私的人，許多時候做出來的事情，反而最符合利益最大化原則。

不過彭東這樣的人，不可深交。誰知道他為了活下去，會在關鍵時刻做出什麼可怕的小動作。

「你們這幾天是靠什麼過活的？」我在腦中整理著資料，一邊沒營養地問了一句。

榮安安指了指床下堆積的垃圾：「還好賴子民為了準備Party，買了許多飲料和垃圾食物。我們五人就是吃這些，還算沒餓著。但是也只夠一兩天的量了。」

陳迪冷哼了一聲，說的話也直白：「臭小白臉，老子先說了。你是自己跳進地獄的，不是我們求你的。榮安安那娘們有良心救了你一命，可別以為我們會把食物分給你吃。」

榮安安瞪了他一眼，「你不開口沒人當你是啞巴。我可以再少吃一點……」

「好了，我看這位先生也不是普通人。」彭東直覺很靈敏，他眯著眼睛，一直在打量我：「你們瞅瞅，你是叫夜不語吧。榮安安講的事尋常人很難接受。但是你眼不眨心不跳，居然反問一句都沒有就似乎明白了什麼。你，到底是什麼人？」

大胸靦腆女廖菲突然驚喜地大叫一聲，「哇，該不會是政府派來救我們的吧。超自然事件都出現了，那說不定政府真的有應對非正常案件的部門。電影裡不都是這麼演的嗎？夜不語先生，你是不是特殊員警什麼的？」

這女人的想像力，真令人佩服。

我苦笑著摸了摸鼻翼，「抱歉，妳美劇看多了。」

廖菲的臉頓時黯淡了下去，那是希望瞬間破滅的難受。

我打量著四周。這間臥室在小宅裡，算大的了。接近十六平方公尺，擺放著一張標準的雙人床，以及小尺寸衣櫃和梳妝檯。梳妝檯靠著的那面牆上，貼著許多屋主賴子民的照片。

賴子民顯然喜歡釣魚，大部分照片都是關於他和各種釣上來的魚的合照。

我眉頭一皺，喜歡釣魚，而地板會液化，液體中還有魚一樣的怪物。這之間沒有什麼關聯，鬼都不信。

榮安安見我在打量那些照片，說道：「夜不語先生，你也覺得賴子民房子裡發生的這些怪事，和他愛釣魚有關？」

陳迪撇撇嘴：「老子早就覺得賴子民那混帳有問題，朋友圈沒有一個妹子，全是魚的照片。吃魚吃多了，釣魚禍害了不少魚。那些魚都變成冤魂找他來了。可憐我們這些被無辜牽連的人。」

我沒理他，眼睛一直在房間裡游移。

突然，自己身上自從進入屋子後就沒有訊號的手機，竟然傳來了簡訊的「滴滴」聲。

一時間所有人的視線，都集中在了我的腰上。

我連忙將手機拿出來，打開一看。果然是有一條新簡訊。剛看到簡訊內容，自己整個人都驚呆了！

第五章 地板下的怪物

我這個人最常利用的分析資料方法，就是排除法。排除法很有用，當自己排除了一個可能時，自己就至少控制了一個變數，排除了一個有可能讓自己更不順利的因素。

我在這陷入停滯的臥室中，和擔驚受怕了兩天半的榮安安五人尋找逃出去的辦法。一個不可預測的變數，竟然出現了。

自己的手機響了起來。確切的說，響鈴的那隻手機，並不屬於我，而是我離開春城前，死女人林芷顏硬塞給自己的。以前我也曾提到過，老男人楊俊飛偵探社發的手機，經過特殊的處理，可以幹很多事情。

例如在足夠近的地方，哪怕是沒有訊號，哪怕會被神秘力量干擾。兩隻手機許多時候仍舊能夠通訊。

林芷顏的這隻手機上，只有一個號碼。標注為「晚輩」。

死女人的晚輩，應該就是我這次被委託來尋找的人——林曉薇吧。手機收到了那位失蹤女孩的簡訊。寥寥幾個字。

「姑婆，救我。我們快撐不住了。」

我心裡一驚，連忙按照號碼撥打過去。電話卻無法接通。自己又回了簡訊，「林曉薇，妳們在哪？」

自己的手死死地握著手機，等了好幾分鐘，沒有等到林曉薇的簡訊。看來她和顏小玲的情況非常不妙。就算暫時沒生命危險，恐怕也快了。不然為什麼簡訊裡提到，她們快撐不住了？

不過那女孩叫林芷顏姑婆，這輩分可不是簡單的高。雖然自己一直調侃林芷顏是年齡神秘的老巫婆，難不成，她的年齡真的是大問題？

彭東一眨不眨地看著我手裡的手機，忍不住開口道：「夜不語兄弟。你的手機有訊號？」

「沒訊號。」我故意將手機遞給他：「不信你自己打電話試試。」

在狹小封閉的空間裡，人與人之間如果產生了最細微的矛盾，都會在時間的催化下變成吞噬所有人的裂縫。我和他們本就是陌生人，最好不要引起他們的猜疑。

「那得罪了。」彭東倒也乾脆，從我手裡拿過電話，試著打了幾個號碼。沒有一個撥通。他的臉色很糟糕：「剛剛的簡訊怎麼回事，你是怎麼收到的？」

「我也不清楚。你沒見我回了簡訊，對方也沒回覆嗎？應該根本沒發送成功。」我聳了聳肩膀。其實簡訊成功發送出去了，但是，林曉薇一直沒回。這令我十分擔心。

彭東沒再開腔，神色木然，不知道在想什麼。

我整理著思緒，將手機好好地放回口袋中，說道：「你們在床上待了兩天半了，有沒有搞清楚地板下的怪物究竟是什麼模樣？」

「不清楚。但我們都猜測，有可能是魚怪什麼的。」廖琴說。

「魚怪？」我摸了摸下巴，沉思了一會兒：「你們試過其他逃出去的方法嗎？」

「臭小子，你所謂的其他方法，是什麼？」陳迪沒好氣地問。

我指了指窗：「例如從窗戶？」

「這裡可是八樓啊。跳下去不是找死嗎？」陳迪撇撇嘴。

「不一定。」我沒在這上頭糾纏，「現在最應該搞清楚的，其實是這間公寓為什麼會在突然之間，出現怪物。但是要想知道原因，恐怕很困難。退而求其次，就是弄明白地板下怪物的真正模樣。」

「你們都沒看清楚過它們的樣子，對吧？」我問。

榮安安點頭，「只看到過大概輪廓，像胖乎乎的魚頭。而且大小也不一，有的跟半個人一樣大，有的卻很小。數量，我們也不知道。」

「這真不好辦。」我摸了摸下巴：「妳還提到過，它們會主動攻擊人類？房間裡除了躲在床上以外，任何家具上的人，都會被液化的地板吞沒？」

「沒錯。」榮安安又道。

「但是你們有沒有察覺，有一個人是例外。」我沉聲說：「所有的受害者被怪物攻擊後，都拖入了地板下。可賴子民，他為什麼上半身還留在屋中，最後被妳發現了？」

榮安安等人聽完我的話，全都「啊」了一聲。女孩眼睛一亮：「夜不語先生，你的意思是說，怪物除了床以外，還有別的攻擊死角？」

「沒錯。」我點頭：「就妳經歷過的線索看，怪物顯然是能液化木地板的。或者，它們只能液化木地板。浴室的地面是瓷磚，怪物沒辦法游過去。所以缺了下半身逃進浴室的賴子民，才能苟延殘喘。」

「不對。」彭東搖頭：「夜不語兄弟，你前半段的推測我還有點贊同。但假如賴子民被咬斷了一半身體，怎麼可能從浴室大門口一直跑進最裡側的淋浴隔間裡呢？就算他拖著半個身體往前爬，血跡又去哪兒了？為什麼沒有任何人發現？」

「這就是重點所在了。也是我們逃出去的關鍵。」我微微一笑：「榮安安發現賴子民時，為什麼地上不但沒血跡，玻璃隔間的門還好好地關著？你們逃命朝寢室跑的時候，為什麼寢室門會反鎖著？這兩點，很值得推敲。」

床上五人聽了我的反問，沒有一個腦筋轉得過來。不過榮安安和彭東，似乎抓到了某個重點。

「難道我們在外邊開 Party 的時候，賴子民其實就躲在床上？」榮安安突然驚呼道。

「沒錯。一個斷了一半身體的人，活得了多久？最多幾分鐘罷了。」我淡淡道：「外邊的音箱聲音開得很大，來參加 Party 的人恐怕都沒聽到他在封閉臥室裡的喊叫聲。

說不定早在開趴前，賴子民就已經被困在床上不短的時間了。不過這不重要。最重要的是，這個臥室裡，極有可能藏著通往浴室的隱形門。」

所有人都驚訝了！

「通向浴室的隱形門？這房間真的有？」彭東興奮起來。

「種種跡象表明，肯定有。」我輕聲說：「板城的房價和居民的實際收入不成比例，這會導致買房的人物盡其用，出現許多奇葩裝潢。賴子民的這間兩房小宅如果在裝潢時就考慮了要和父母居住。那乾脆將主臥室跟唯一的浴室打通，就很有必要。」

「但我們都在這房間裡待了兩天半了，怎麼都沒發現有其他的門？」廖菲眨巴著眼睛。

榮安安道：「所以剛剛夜不語先生才說，賴子民裝的是隱形門。彭東，你不是說他裝潢的時候你幫了忙嗎？知不知道隱形門在哪兒？」

彭東哼了一聲，「這個我不清楚。賴子民那傢伙大概是怕找女朋友的時候，知道自己要和爸媽住，會連婚都結不了。所以乾脆把通向廁所的門藏起來。等生米煮成熟飯，結婚證書都領了，再讓門給露出來。」

「你們男人心機好重。」廖菲嚇得撇撇嘴。

「不用猜了，我知道隱形門在哪兒。」我指了指床側面的衣櫃：「衣櫃後的牆壁就和衛室連著，如果有隱形門的話，只能在衣櫃中藏著。」

床上五人看著離床兩公尺遠的衣櫃，冷汗頓時冒了出來。

「就算我們跳得過去，可衣櫃門是關上的。必須有人先下床去將門打開。」彭東打了個冷顫。

「但是真能逃到浴室，或許我們就有救了。」榮安安參加 Party 時，因為無聊，參觀過這間房子，大致清楚格局，「浴室的窗戶連著一個小陽臺。而陽臺的地面不光是瓷磚，外側還有天然氣管道。我們可以順著天然氣管道爬下去。」

「對啊，對啊。咱們有救了。」廖菲激動起來。

賈琴立刻潑了她一盆冷水，「問題又回來了。誰犧牲自己下床去打開櫃子的門，看看是不是真的有隱形門通往浴室？」

沉默頓時淹沒了眾人。人都是自私的，誰不想活著。替別人死，還是非親非故的泛泛之交，憑什麼要犧牲自己？

我在五人的臉上一一劃過，就連略有正義感的榮安安也沒開腔。自己聳了聳肩膀：「或許，我有一個可以不犧牲任何人，便能救大家的辦法。」

自己指了指地面：「現有的線索能夠確定，怪物不能攻擊床以及床上的人。這是為什麼？究竟是床本身材質的緣故，還是因為某條規則讓怪物對床無能為力？」

我身下的床很現代，也很廉價。刨花板拼接的四塊落地的擋板，裡邊的支撐是幾根鋼樑。床墊也很普通。家具店裡，類似的床隨處可見。看不出來有任何奇怪的地方。

床沒有問題。那麼，怪物為什麼偏偏無法攻擊床？這實在是沒有道理。

「你真的有辦法？」榮安安臉上一喜。

「試一試才知道。」我斟酌了片刻：「但是需要弄清楚，怪物是只攻擊人類，活著的人類。還是任何生物或者任何細胞組織都會挑動它們的本能反應。喂，誰有指甲刀？」

「我有。」賈琴從包包裡掏出的一套修指甲的工具，好奇地問：「你要幹嘛？」

「我準備釣魚。」自己神秘一笑後，將指甲刀丟給廖菲：「美女，妳指甲挺長的，犧牲犧牲。將手指甲全部剪下來，我有用。」

眾人都沒搞明白我的意思，廖菲猶豫了一下，還是將自己手指甲剪了，攏成一小撮，臉微微發紅地遞給我，「這一點夠不夠，不夠我還有腳指甲。」

「暫時夠了。」我將指甲接過去，一把撒在地板上。

指甲劈裡啪啦地掉落在冰冷的地板上，濺起寂靜，反彈了幾下後又安靜了下去。榮安安等人似乎明白了我想幹嘛，屏住呼吸，一眨不眨地盯著地面看。

等了一會兒，地板沒有出現異常。既沒有液化，怪物也沒出現。

「所以人類的角質層並不會引起怪物注意！」我摸著下巴。怪物對人類角蛋白沒反應。難道非要連血帶肉的蛋白質才行？

但是人類的肉可不比指甲可以隨便弄出一些來。我苦笑著，視線落在了床上的五人身上。思忖著，要不自己在手上弄破點帶血的皮，再試試。

彭東用手敲了敲大腿：「夜不語先生，現在需要人肉對吧？」還沒等我點頭，他已經拽過了賈琴，將她按住，在裸露在外的雪白胳膊和大腿上巡視：「要多少，我割給你。」

賈琴尖叫道：「彭東你這個混帳，你想幹什麼。」她的好友廖菲也試圖拉開彭東，卻被彭東一巴掌扇開了手：「安靜點，少一塊肉又不會死。當心惹毛了我，我將妳扔下去。」

廖菲被他兇神惡煞的模樣嚇了一跳。

榮安安怒道：「彭東，你求生慾怎麼那麼強。就算逃出去了，你以為你幹了那麼多齷齪的事情，警察不會抓你嗎？」

「到時候我自己會去警局自首。」彭東冷哼一聲：「現在我只想活下去。陳迪，給我按住賈琴。我來割她的肉。夜不語先生，需要多少人肉，你儘管說。」

我看著他的眼神，心裡一涼。這男人已經不止求生慾強可以解釋的了。嘆了口氣，剛想要他將賈琴放開，自己再想別的辦法。

沒想到，彭東一不做二不休，已經拿出小刀在廖琴的胳膊上割了幾下，挖出了二兩重的肉。廖琴痛苦的大叫，血流不止。

「你瘋了。你真的瘋了！」榮安安將慘嚎的廖琴拉過去，用枕巾按住她的傷口，狠狠地瞪著彭東。

彭東根本不在意榮安安。他將帶血的肉遞給我：「兄弟，夠了嗎？」

我深深地看了一眼，內心的冷變得更加徹骨了。不知為何，我覺得他不太對勁。不只是精神。我的腦袋裡像堵塞了的堰塞湖，很難將那股不舒服的感覺想明白。

「夠了。」我扯過被單，將被單用剪刀剪成一條一條的布繩。用手拉了拉，覺得足夠結實後，這才將廖菲賂膊上的肉牢牢繫在繩子的一端。另一端，將其捆在了床頭。

深吸一口氣，自己將肉扔了出去。

二兩肉說多不多、說少不少。掉在地上發出了悶響。很快，肉塊周圍的地板就開始液化。怪物，來了！

我聚精會神地看著肉塊沉入地板下，一直緩慢往下墜。繩子我準備了將近十公尺長，下墜的肉塊帶著繩，足足沉了三公尺多。這讓所有人都倒抽了口涼氣。

三公尺，已經深入七樓地板了。肉塊都還沒有見底。這到底是怎麼回事。難道液化的地板下方，是地獄不成？

就在這時，繩子被猛地拉了一下。藉著一股強大的力量，拽著繩索往右邊游動掙扎。

「怪物上鉤了。還有力氣的幫我抓住繩子，往上拉。」我大喊道。

彭東、陳迪，和榮安安沒敢猶豫，使勁兒地抓住了繩子。從繩索上傳遞來的掙扎非常強烈，但是耐不住四個人拚命地拉扯。

繩子被我特意強化過，不容易扯斷。在我們四人鼓足力氣的拉動中，液體下的怪物從三公尺多的地板深處漸漸浮現出來。

這怪物智商不夠，而且固執得很。明明沒有魚鉤，它仍舊死死咬著肉塊不放。直到被拉出了地板之下。

終於，怪物的整個身體都掙扎著、扭曲著，展露在了我們面前。

但看清它的真實模樣時，所有人，頓時都驚呆了！

那是什麼東西？我下意識地揉了揉眼睛。榮安安整個人都呆滯了，其他人也同樣不好受。張大嘴巴，難以置信。

該死，這他奶奶的究竟是什麼？真的是老奶奶？

「這是，人頭？」廖菲驚恐地看著，液化地板上方扭動的人腦袋。怪物的真身，竟然是有著毛茸茸蒼白長髮的人頭。脖子以下的地方，都被什麼東西整齊地切斷了。濕漉漉的頭髮噁心地貼在皺巴巴的腦袋上。

一張蒼老猙獰的臉，睜大充滿血絲沒有瞳孔的眼睛，死死地咬著賈琴的胳膊肉不放。哪怕只看得到它的側臉，也令人不寒而慄。

脫離了軀體可仍舊活著的人頭，是個八十歲左右的女性老人。它拚命想要將繩子上的肉吞進去，可是用力過猛，繩子卡進了假牙的縫隙裡。每一次乾癟的嘴巴開合，假牙都搖搖欲墜，似乎隨時會從嘴裡脫落。

彭東抱著胳膊嚇得發抖，「這個老太婆，我見過。」

「你見過？」榮安安驚訝道。

我看向臥室對面的牆上，「這腦袋，是賴子民奶奶的，對吧。你們看牆上的照片。」眾人連忙朝梳妝檯上的照片看去。除了魚的照片外，照片牆上確實還有幾張家人的照片。其中一張，賴子民的奶奶帶著微笑，坐在他身旁。那容貌，和我手中釣上來的怪物的臉一模一樣。

很難想像，從前和藹可親的老奶奶，竟然變得如此可怕。怪物吃力地將肉吞進去了一大半，也許在空氣裡有些不適應，它開始轉動蒼白的眼睛，充滿血絲的眼白盯向了床上的我們。

「看什麼看。」陳迪想要嘴硬，賴子民奶奶的腦袋將嘴撐大，發出了一陣尖叫。刺耳的尖叫聲彷彿許多隻手在用指甲抓玻璃，聽得我們耳膜都快出血了。

怪物嘴裡的假牙終於脫落了，人頭「撲通」一聲，落入地板內消失不見了。我手心死拽著的繩子上，只留下空蕩蕩的假牙，兀自在空氣中晃動不停。

我的腦子有點亂，將繩子收回後，忍住噁心感，打量起手中的假牙來。這是一副很普通的活動假牙，取戴方便。牙齒縫隙裡有生肉的絲，想來應該是不久前撕咬過什麼。肉絲已經不新鮮，甚至散發著異樣的腐爛臭味。

除此之外，沒有任何線索。但是人頭怎麼變成了怪物？賴子民辦 Parry 前，這個房間中到底發生過什麼駭人聽聞的事情？我的視線掃過賴子民全家福中的照片，上邊有四代共十幾個人。

一個單身男性，沒有女朋友。但是屋子還算乾淨。這代表賴子民的直系親戚，例如奶奶和父母，可能經常過來幫他打掃屋子。如果在他辦 Parry 前，這些親人也來過。可是因為某種意外，賴子民的親人全變成了只剩下人頭的怪物，並且開始攻擊不知什麼原因逃過一劫卻不知情的他？

我將自己的猜測跟床上的眾人說了一遍。

「我覺得夜不語先生的推測，很有可能是正確的。」榮安安掏出一隻手機：「這是賴子民的手機。我逃到床上的時候找到的，本來希望能在手機裡找到線索，但卻沒發現特殊的地方。聽夜不語先生的推理，跟手機裡的隻言片語，就能拼湊出些信息了。」

賴子民的手機幸好沒有鎖上。

「你看。三天前，也就是開趴當天早晨，賴子民跟父母以及爺爺奶奶有過一段微信語音，確實提到了他自己忙不過來，請四個親人到房子裡替他收拾一下。」榮安安將那段語音播出來。

「他這四位親人來得很早，九點半就到了，並且發了微信要他開門。」藉著微信語音，榮安安一點一點的還原三天前詭異事件發生時，這間屋子裡的人到底在幹嘛。

「之後賴子民出門去買 Party 用的食物，這傢伙還發了一張購物發票的照片給他爸，想讓他爸買單。說是準備在 Party 上物色屋子的女主人，所以需要錢。」女孩不知道該怎麼評價自己這位超級啃老族同事了。

我看著微信記錄，「發票照片是在十一點四十左右發出去的。訊息顯示已讀，可憐天下父母心，一聽說自己兒子準備找女朋友，樂了。當下就發了個大紅包給他，還留了一段鼓勵的語音簡訊。」

「沒錯。這恐怕是他父母在這世上留下的最後一點存在。」榮安安嘆了口氣：「之後賴子民又發了幾條語音簡訊，都是未讀。他還撥了幾通電話，他的親戚同樣未接。」

「也就是說，怪事是在大前天的早晨十一點四十到十一點五十之間發生的？」我摸了摸下巴，還是滿頭霧水。現有的線索太少，完全不能將事情拼湊起來。

看房間裡的情況以及他的電話記錄，賴子民並沒有將親人的突然失蹤放在心上。他回家後發現四個人都不在，還在家群裡發了語音簡訊，問父母和爺爺奶奶去了哪裡。

那條簡訊，自然沒有人收到。因為家裡沒網路，甚至收不到手機訊號了。語音簡訊是未送達狀態。賴子民當時大概哼著歌，打開冰箱，將食物放好後，佈置完 Party。這才突然遇到了危險。

之後偶然逃到了床上才逃過地板下自己四個親人的人頭攻擊，可最終，還是沒能逃過一劫。

雖然我有自信將那天的情況推測個八九不離十，但我仍舊搞不清楚，三天前賴子民的爺爺奶奶爸爸媽媽為什麼會變成人頭怪物潛伏在地板下攻擊人。沒有任何事會隨隨便便地趨向糟糕，一切事件都是有起因有因果的。哪怕是超自然的事物，也會事出有因。

所以問題又繞了回來。究竟三天前，這屋子裡發生過什麼，造成了這超自然的結果？

「咦，等等。」我皺著眉頭，猛地想到了什麼。將榮安安手裡的手機搶過來，不斷播放起賴子民父母發給他的最後一條語音簡訊。

聽了數百次之後，我終於聽到了自己想剝離出來的聲音。

大約在十一點四十五分的時候，賴子民父母的背景聲音裡，出現了一股極輕微，彷彿針尖刺破氣球的悶響。最主要的是，悶響聲，我竟然極為熟悉。

還沒等我從震驚中回過神來，就在這時，被我搶過來，沒有任何訊號的賴子民的手機，突然響了起來。

一條簡訊，躍入螢幕！

第六章 逃出魔窟

床這種東西，真的很有意思。從數萬年來人類睡覺的草堆，變成了現在家居中最重要的家具。其實床的造型，從古至今，都沒有太大的變化。

所謂一世作人，半世在床。可見床在人類的世界中，有多麼的重要。可在床上待了接近三天三夜的榮安安五人，都已經在床上待膩，待到想要吐了。如果真有機會能從這屋子逃出去，恐怕他們五人，一輩子都不願意再躺到床上去。

本來彭東四人聽我和榮安安一人一句地推測著三天前賴子民家裡發生過什麼事情，聽得正若有所思。可就在這當口，賴子民的手機竟然響了起來。毫無心理準備的眾人，頓時嚇了一大跳。

我的手抖了一下，沉下心，當看清簡訊的內容時，腦子頓時更加混亂了。

發簡訊的是失蹤的林曉薇兩女。這條遲到了足足接近一個小時的簡訊，讓我疑惑不已。簡訊上的訊息，依舊不多，「不對，妳不是我姑婆。妳到底是誰？姑婆派來救我的？」

我有些懵了。太詭異了，如果說林曉薇的手機和我的手機都是特製的，是老男人楊俊飛偵探社出品的東西，兩者之間能在無訊號的地方通訊還說得過去。可這是怎麼回事，林曉薇的簡訊，怎麼會發到了賴子民的手機上？皺了皺眉頭，我看了看簡訊。來源號碼，確實是屬於林曉薇的。

怎麼想都想不出個所以然。我猶豫了一下，沒有用死女人林芷顏的手機，也沒有用賴子民的手機。而是掏出自己的手機，給林曉薇發了一則簡訊。

「我叫夜不語，是妳姑婆的同事。我確實是來救妳們的。妳們到底在哪？我這邊發生了一些小事，脫身後就去找妳們。」

點了發送鍵後，短信上出現了刺眼的紅色標誌，顯示簡訊並沒有發送出去。我心裡帶著疑慮也帶著一個猜測。

床上五人的視線一直在賴子民的手機上徘徊，我將那隻手機扔在床上，聳了聳肩，「別問我發生了什麼，我也沒弄明白。還是繼續想想怎麼逃出去吧。」

說著，我整理了一下混亂的思緒，「根據現有的資訊，我猜一開始，地板下的怪物應該並不多。準確的說只有四個，分別是賴子民的爸爸媽媽以及爺爺奶奶。那些怪物一直在賴子民的床邊上死盯著他，所以客廳裡參加 Party 的人才沒有被攻擊。可是賴子民一死，怪物就跑到客廳隨機攻擊其他人了。」

我需要一條安全的通道，可以越過距離兩公尺遠的床與衣櫃之間，能夠安全地打開衣櫃門查看櫃門後邊是不是有一道隱形門通往浴室。

「但是我進了這間房子後，逃跑時總覺得地板下的怪物遠不止四隻。」自己瞇了瞇眼睛，一邊思忖一邊說：「或許房子內這詛咒一般的恐怖事件有自己的規則？例如怪物不是憑空出現的，只有人在這間房子裡死去後，才會變成人頭怪？」

榮安安等人渾身一抖，「你是說賴子民父母和參加 Party 被吃掉的人，最後都變成了怪物？」

「可能性很大。」我的視線在整個房間游移著，最後眼睛停在了窗簾上，「各位，你們有沒有試過從空中越過去，不碰到地面？」

賴子民臥室的窗簾用的是很粗的金屬羅馬杆，足足有三公尺多。如果能扯下來搭在衣櫃與床之間，倒是能從空中爬過去。

彭東等人眼睛一亮：「可以試試。」

不算大的臥室，賴子民為了讓空間顯得更大，所以床挨得比較靠牆。如果跳到不遠處的凹窗上，應該能將羅馬杆弄到手。

我觀察了凹窗幾眼，這傢伙為了省錢，接近一百六十公分長的凹窗臺子上竟然是用的強化木板，並沒有使用石材。凹窗臺離地面大約七十公分高，不知道會不會受到怪物的攻擊。

「我跳上去試試。」我想了想，也沒多說，直接跳到了凹窗上。剛打直身體要摸到羅馬杆，自己腳踩的地方已經開始液化。

一滴冷汗從我的額頭滴落，我嚇得三魂七魄都快飛出去了。忙不失措地從變得軟趴趴的窗臺朝床上跳。那魚一般的人頭就從木地板中竄上來，險些咬到我的腿。

我驚魂未定地摔到床上，心臟怦怦地跳個不停。實在太驚險了，再遲疑一秒，自己恐怕就會被人頭拽入地板內，丟了性命。

不過還好，長長的窗簾被我揚起，其中一段飄到了床前讓眼疾手快的榮安安拽住了。

「用力把羅馬杆扯過來。」榮安安低喝道，讓彭東等人順著窗簾扯。羅馬杆固定得不算牢靠，牆上的膨脹螺絲承受不住重量，「啪嗒」一聲鬆了。長長的杆子掉到了地面。

廖菲將杆子撈起來，掂了掂，「輕飄飄的，可能撐不了多少重量。真的能讓人順著爬到衣櫃哪兒嗎？」

彭東將羅馬杆搶過來，臉色變了變，「成年男子大概不行。但是體重輕的女性，應該可以。」

說著他朝廖菲看去。床上六人中，看起來最苗條嬌小的就是她了。廖菲身高一百六十公分，還不到四十五公斤。

「我來吧。」女孩捋了捋長髮，將馬尾重新紮了一次。烏黑的髮絲緊貼在後腦勺上。這個看起來柔柔弱弱的女孩，倒是比想像的更堅強。

手被割掉一塊肉的賈琴驚叫：「菲菲，不要去。他們是要妳去送死。」

「只能我去啊，這件事。」廖菲搖搖腦袋，笑著拍了拍自己的好閨蜜。

在床上待了三天，所有人都疲了倦了。在沒有私人空間的小小三平方公尺內，滋長不出新戀情，反而會在每個人的內心中種下怨恨。

廖菲覺得自己最近的心態也有問題，老是去想一些有的沒的，她害怕自己總有一天會做出讓自己後悔的事情來。還是早點離開這鬼地方比較好。

房間裡的床是平板床，床頭只有一公尺多。而距離兩公尺多的衣櫃高達二百四十公分。羅馬杆只能斜著向上支撐。離地最低距離就在床頭，僅僅只有一百四十公分不到。

「慢慢往前爬，爬到中間了把門打開。實在不行就回來，我們再想辦法。」我和陳迪以及彭東牢牢抓住羅馬杆的一頭加以固定。

廖菲回頭衝我笑了笑，這清秀可人的女孩將黑色的裙子下襬一扯，綁在腰上。這才爬上了羅馬杆，四肢盤在杆子上，小心翼翼地往前爬。

受傷的賈琴和榮安安在下方撐住廖菲的腰。空心的羅馬杆因為女孩的重量，略微彎曲了一些。廖菲沉住氣，在心裡盤算著。

床和衣櫃只有兩公尺多一點的距離，她只需要爬一公尺多，手指就能勾得到衣櫃的門。打開門後如果真的有暗門，自己速度夠快，身體還能盪進衣櫃中。

她淺淺呼吸著，平衡著身體。可還沒來得及爬出床頭多遠，她身下的地板就以迅雷不及掩耳的速度開始液化。

我大驚失色地喊道：「快回來。」

廖菲整個人都嚇傻了，有意志去做一件事是一回事，恐懼又是另外一件事。她眼巴巴地看著地板下竄出了兩個人頭，一前一後地咬住了杆子。她無法往前，也無法後退。

跳上來的人頭是賴子民的父母。兩個人頭擺動著濕漉漉的頭髮，斜著充滿血絲的眼白盯著她。

「快將杆子往後拉。」我連忙吩咐。

彭東搖頭，「會將怪物一起拉到床上來的。」

「管不了那麼多了。」我吼了一聲：「救人要緊。而且我猜那些怪物也不敢上床。」

彭東顯然不願意冒險，他一把鬆開了手。圓形的羅馬杆頓時無法平衡，杆子上的廖菲在空中左右搖晃起來。

「該死。」我拚命地將杆子往後拉，可已經晚了。

廖菲驚叫一聲，金屬羅馬杆竟然被兩個中年人的牙口應聲咬斷。女孩跌落到地板上，她瞪大眼，雙手拚命地在空氣裡虛抓。

床旁的榮安安連忙爬下去想要拽住廖菲的手。不過地板下的怪物哪會給這個機會，無數魚游動的聲音從液化地板中傳來，廖菲痛得尖叫，血不斷地從臉上噴出。沒多久，便沒了動靜，殘缺的身體沉入了地板下。

周圍，再一次平靜了。

床上，也只剩下了傻呆呆的五個人。

「小菲，小菲死了……」賈琴看著廖菲死去的那一塊地板，瘋了般喃喃說著：「我也會死，都會死。我們誰也逃不掉。」

「夠了！」彭東狠狠瞪了她一眼，看向我：「夜不語先生，羅馬杆已經斷了，沒辦法再爬到衣櫃那邊了。要不，你跳下去往外跑吸引怪物的注意。我們趁機逃到櫃子那兒。」

這傢伙的狀況果然有些不太對。他用商量的語氣讓我去送死，話中透著不容置疑的陰森。

彭東摩拳擦掌地對我罵著，「都是你的餿主意，不然廖小妞不會死。我早就想泡她了，你害死了她，就去給她陪葬。」

賈琴抬頭看著我，眼中全是憤怒的血絲。這些人果然神志不對勁兒，大概是在床上擔驚受怕了接近三天，已經到了崩潰的邊緣。賈琴不去恨割了她一塊肉的彭東，反而看我的眼神恨之入骨：「是你害死了小菲。你怎麼不去死。」「把他推下去！推下去！」

三人冷哼著想要將我按住往下推。

榮安安大叫了一聲：「你們瘋了，快住手。」

「臭婊子，妳就不想逃出去？咱們是怎麼商量的，妳忘了？」彭東冷哼了一聲：「我們早就知道沒辦法從這間屋子裡逃脫。丟錢下去不過是個幌子罷了，老子就是想趁有人過來救我們的時候，先等地板下的怪物襲擊他，咱們再找機會逃出去。」

顯然這三天內，床上的五人為了活下去逃出生天，費盡了心機。

「這臭婊子就愛裝老好人。居然在這傢伙進門的時候提醒他。」陳迪伸手抓我，被我躲開了，「這混蛋我看也不簡單。舌燦蓮花地分析了一堆，把我都給唬住了。有一刻我都以為自己能得救咧。嘿嘿，最後還不是要實行最初的計畫。你給老子下去！」

三平方公尺的地方，三個人想抓我。實在是退無可退。我躲了幾下，皺著眉頭也懶得躲了，大罵道：「三個白痴。真以為吃定了我？」

「我們三個人還怕弄不死你。」陳迪獰笑著。

「還真不一定。」我也冷哼了一聲，以極快的速度掏出了懷裡偵探社配發的手槍。自己躲在床的死角，烏黑的槍眼對準三人。本來以為計畫快得逞的三人，瞬間臉就僵硬了起來。

彭東撇撇嘴，「別以為拿了一把玩具槍，我們就……」

我迅速對準他的腦袋一側扣動扳機。巨大的槍響聲震耳欲聾，迴盪在房間中，迴盪到所有人的耳膜都一陣刺痛。子彈從彭東的臉頰劃過，鑲嵌入牆壁裡。打斷的幾根頭髮飄蕩在空中，一時間，空氣似乎都停滯了。

「呵，這個，真有點出乎意料。」彭東強自鎮定，但不斷顫抖的手出賣了他的恐懼。他想要笑一笑，臉部肌肉卻石化了似的無法動彈。如果打偏了一點點，他就要去鬼門關玩一趟了。彭東這人特別惜命，誰死了，他都不在乎，唯獨在乎自己的命。

槍響後不久，賈琴終於反應過來，尖叫著手腳並用地朝後退。一起後退的還有陳迪，老話沒說錯，嘴巴有多毒膽子就有多小。最毒的人就因為膽小，才會用惡毒的語言武裝自己。陳迪一臉畏懼的表情，比尖叫的賈琴還不堪。

「夜不語先生，你有槍。果然是警察？」榮安安也被嚇了一大跳。

我聳聳肩，「都說了我不是警察。所以我也不會守規矩，我這個人沒什麼法治觀念。而且是真的殺過人的，所以千萬不要惹我生氣。我一生氣會幹出什麼可怕的事情，說實話我自己都不知道。」

這番話一點都沒摻假。也確確實實唬住了床上懷著鬼胎的彭東三人。見他們服軟了，我的話鋒一轉：「當然我不會隨隨便便開槍。雖然這地方毀屍滅跡很方便，殺了扔地板上，什麼屍體都沒有了。可我的目的從來沒有變。」

說到這裡我頓了一頓，沉聲道：「廖菲也沒有白死。透過她我發現了一件怪異的事，說不定，靠著這發現，我們一行人都能順利地逃出去。」

「那敢情好。」彭東言不由衷地看著我手裡的槍，他心裡的算盤我怎麼可能不清楚。

榮安安對我有信心，連忙問道：「夜不語先生，你發現了什麼？」

我看看床，又看了看地板，說出了一句震驚其餘四人的話，「這床和地板的關係，說不定，我弄懂了！」

「真的？」榮安安驚訝地看著我：「所以你知道為什麼我們在床上不會受到怪物攻擊了？」

「這個我還不清楚。」我尷尬地笑了兩下，指了指賈琴死掉的地方：「你們有沒有發覺，那些人頭怪物，是什麼時機攻擊她的？」

「真搞，怪物攻擊人還看時機？」賈琴懾於槍的威脅，不敢口氣太差，但也對我沒好臉色。逮到機會就諷刺我。

榮安安卻容有所思：「說說看。」

「這只是我的一個猜測。廖菲剛剛爬上羅馬杆的時候，還沒有問題。甚至她整個人懸吊在空中往前爬了一段，直到妳的手，離開了她屁股的一瞬間。地板就開始液化，她才被攻擊。」我摸著下巴，大腦拚命思考，「這讓我想到了一個可能。」

「為什麼地板下的怪物，無法攻擊床上的人。它們為什麼會怕床？床和怪物是什麼關係，它震懾怪物的原因是什麼？這些問題，我一直都沒想明白。」我皺皺眉：「可是直到廖菲死後，我突然想通了些東西。」

「超自然的事物，有它發生的理由。我們一直以為床在保護我們，但這或許是人類的思考死角。」說到這，我加重了語氣，沉聲道：「這張床，恐怕才是真正的罪魁禍首。」

聽了我的話，其他四人同時驚叫起來。

「夜不語先生，你的意思是床是一切的根源。是它讓怪物出現的？」榮安安腦袋暈了，這個大膽的想法，她做夢也沒有想過。可是跟著這邏輯思考片刻，又覺得我的理論確實有道理。

「如果床真有問題，那麼就把它毀掉。」彭東也是眼前一亮。

陳迪問：「怎麼毀掉？砸爛？」

「砸沒用。畢竟我們不知道這張床的哪一部分觸發了超自然事件。除非一不做二不休，將它燒乾淨。」我敲了敲身下的平板床。這張嶄新的床，出廠時間絕不超過一年。既然不是老東西，卻殺了整間屋子十多個人。這真的很不可思議。但是我也沒時間探究原因了。

救林曉薇兩女要緊。不知為何，我總覺得這次事件，或許和那兩個突然失蹤的女孩有關。

「燒掉確實一了百了。但是在燒床的時候，我們往哪躲去？」榮安安思忖著說：「除非躲到浴室去。」

賈琴用沒有受傷的手抓頭，將頭髮抓得像瘋子似的：「呀，問題又回來了。這不一樣嗎？」

「不一樣。」我搖頭，心裡有了計較：「聽過生物電傳播理論嗎？」

「生物電我大概聽過。」榮安安眨巴著眼：「據說大腦就是靠生物電來控制身體的。」

我搖了搖頭：「生物電，是生物的器官、組織和細胞在生命活動過程中發生的電位和極性變化。每一個細胞裡都包含著生物電。唯獨角質層中沒有。一直以來，我都認為怪物是對人的血肉產生了反應。現在看來，恐怕錯了。怪物的眼睛沒有瞳孔，看不見。耳朵也萎縮了，顯然也聽不見。可是，它們為什麼能感應到我們？」

「我覺得，它們察覺到的是活人身上的生物電。它們想要吞噬的，也是這股生物電。」我逐漸有了頭緒。

賈琴和陳迪知識水準不高，沒聽懂。

榮安安懂了，但又很疑惑：「夜不語先生，你有證據嗎？」

我點頭：「當然有。假設人體只要挨著這張床，就能隔絕自己的生物電信號。對怪物而言，這個人就是隱身的。廖菲被攻擊前，妳的手便離開了她的身體就能證明這一點。因為生物電信號和普通的電一樣，是可以從一個人體上傳播到另一個人體上的。」

彭東不傻，立刻明白了我的意思：「夜兄弟，你的意思是床對人的遮罩效果可以藉著人體傳遞。如果我們手拉著手，只要最後一個人的手還緊緊摸著床，就能越過床和衣櫃之間兩公尺多的距離，安全地尋找衣櫃裡的暗門？」

我重重地點頭。

「但是，這個理論，你沒辦法證明啊。」彭東皺眉頭：「除非有人先下去試試。」

他的眼神在床上的榮安安、賈琴以及陳迪身上掃過。碰到他視線的人全都縮了縮脖子，移開了腦袋。榮安安咬了咬牙，嘴唇動了幾下。

我咳嗽了一聲，「放心，這個猜測是我提出的，就我來試吧。」

第七章 潘洛斯階梯

「榮安安，妳抓住我的手。絕對不要放。」說實話，床上四人我一個都不敢相信。只能在矮個裡挑個子高的，挑中了這個略有正義感的女生。

榮安安認真地看著我，笑了：「死都不放手。」

說著將我伸過去的手緊緊握住。女孩的手掌柔潤富有彈性，溫暖的觸感令人安心。我深呼吸了一口氣，閉眼，復又睜開。坐到床邊上，腳在空中晃蕩了幾下後。這才小心翼翼地半坐著，將右腿踩在了地上。

地板，沒有變化。

我的心臟「砰砰」跳個不停。如果自己錯了，就會沒命。說不怕肯定是騙人的。床上的四個人，眼睛也一眨不眨，神情緊張地看著我每一個動作。

我接著又放下了左腿。地板仍舊沒有液化的跡象。很好！

我試著站起來，小心翼翼地，將身體離開床。抓著我手的榮安安，手猛地抖了一下，不安道：「小心，覺得有問題立刻回來。」

「暫時沒問題。」腳本來就是用來走跑的。可當下，腳踩在地面上，我卻心驚膽戰，如此的不踏實。

還好。怪物並沒有察覺我的存在。

我用更慢的速度，一點一點地徹底離開床的範圍，朝衣櫃走去。榮安安和我的左手已經拉直了，加起來自己大約走了一百五十公分遠。我走到了床和櫃子的中央，只需要伸長右手，就能勉強地觸摸到櫃門。

非常好。地板保持著原本的堅硬，看起來似乎很正常。

自己乾脆一不做二不休，艱難地再一次往前挪了些。榮安安的身體前傾，臉色憋紅，顯然她的姿勢讓她很不舒服。可這個堅強的女孩，仍舊堅持著，嚴詞拒絕一旁彭東的幫助。不吭一聲。

她，同樣不相信床上的任何人。

我吃力地用指尖碰到了櫃門，中指將櫃門往外掰。門一點一點地敞開。終於，角度大到了我可以握住的程度。自己憋住氣，用力一拉。衣櫃門「吱嘎」一聲，全部打開了。

床上的人發出了吃驚的喊叫。

只見敞開的衣櫃中，除了地上乾乾淨淨外。三面櫃板都噴灑著濃重的血跡。賴子民從床上逃跑時，果然就已經受傷了。

牆上的櫃板雖然被血塗抹得看不出本來的顏色，但仍舊能看到些許隱形門的痕跡。

「我靠，屌啊。這傢伙果然修了從臥室通往浴室的隱形門。真是個極品渣男。」

陳迪驚喜道。

我見目的達到了，隨即返回床上。不過幾分鐘時間，冷汗已經布滿全身，所有力氣也都像是在那短短的兩公尺上耗盡了。我一言不發，累得彷彿要死了。

彭東對我豎起大拇指：「夜兄，夜哥。你真厲害啊。這樣就好搞了，只需要我們手牽著手逃到浴室。之後一把火將床燒掉，結束這些恐怖的怪物們。就能順順利利地各回各家，各找各媽了。」

「沒那麼簡單。」我吃力地吐出五個字。

榮安安想到了什麼，臉色也頓時變了，「沒錯。確實沒有那麼簡單。」

「這有什麼難度，不就是手牽手往前走嘛。」陳迪哼了一聲。

「走前面的人當然沒問題，問題是最後一個人。他的手，必須時時刻刻摸著床才能將床遮罩生物電的能力傳給我們所有人。」榮安安嘆了口氣，「他一放手，就會被地板下的怪物攻擊。根本逃不掉。」

所有人的激動，立刻熄滅了。無論是誰當最後一個人，都只能放棄生命將其他人送進衣櫃。如果真有這麼偉大的一個人存在，早就跳出來自己下床當誘餌了。哪裡還需要費盡心思引誘別人上樓。

大家沉默了片刻。

彭東發話了，「抽籤吧，是死是活，聽由天命。」

眾人又是一陣沉寂後，都點頭同意了。無論如何都需要一個人犧牲，五分之四的存活機率不低。

用衛生紙做的四長一短的簽，短簽被賈琴抽中了。女孩尖叫著，絕望地大吼：「不可能，怎麼是我。彭東，你混蛋作弊。」

「我可沒有作弊。」彭東朝陳迪使了個眼色，兩人一起撲上去將她按倒，用床單做成繩子。將賈琴的一隻手牢牢地困在床尾的架子上。

賈琴瘋狂地咒罵著，可惜無濟於事。

我想要制止，可榮安安卻拉了拉我，湊到我耳畔說了一句話。我頓時瞪大了眼睛，一臉的難以置信。

「走吧。」女孩臉色黯淡，仍舊抓著我的手。

我還是第一個下床，榮安安第二個。她抓著陳迪的手，陳迪抓著彭東。彭東拉著被捆住一隻手的賈琴。賈琴一邊大罵一邊掙扎，彭東只是冷哼了兩聲，將她更用力地往衣櫃方向拉。

五個人手牽手。我不時瞅著隊伍最後邊賈琴的臉，思忖著榮安安跟我說的那句話的真假。直到我打開衣櫃中的隱形門。

門一打開，浴室的磨砂玻璃隔間就展露在眼前。看著一步之遙的地面上那冰冷的地磚，我覺得它雖然髒兮兮塗滿了血跡，但在這一刻卻無比的親切。

腳踩在地磚上，我又深呼吸一口氣：「到了，檢測那些怪物是不是無法液化地磚的時候到了。榮安安，放開我的手。」

自己決定率先試試，如果我和床的生物電連結完全消失的話，地板下的怪物會不會攻擊我。

榮安安猶豫了一下，聽話地放手了。我踩在冰冷的地磚上，手指放在和女孩的指尖近在咫尺的地方，準備一有不對勁兒就立刻重新握住她。

等了半分鐘，地磚並沒有液化。腳下的地面仍舊堅硬踏實。

「安全了，都進來吧。」我衝著後頭的人點頭。

榮安安與陳迪往裡邊走，彭東冷笑著看了賈琴一眼，在她絕望的喊叫聲中放了手。之後以極快的速度跳過衣櫃中的門，竄入浴室。

賈琴不斷的大吼大叫，我沉著臉，低聲問榮安安：「妳剛剛說賈琴已經死了，現在的她是假的。到底是什麼意思。」

榮安安看著賈琴，打了個寒顫，「因為三天前，我明明在走廊上看到真正的賈琴被地板下的怪物咬住了腿，鮮血淋淋。可之後她卻順利地跑到了臥室的床上，腿居然好好的，一丁點問題也沒有。」

「我沒敢跟任何人講，一直瞞著所有人。偷偷地觀察著她。」榮安安說。

彭東的表情有些歇斯底里，「好啦，好啦，我跟賈琴在公司比較熟，早就覺得她有問題了。所以才割了她的肉看看情況。既然都已經逃到了安全的地方，先一把火燒掉那張床吧。管她賈琴究竟是人是鬼。」

說著掏出了一個液體打火機，打燃火。朝床扔了過去。

火焰點著了床單，沒多久整張床就被籠罩在明亮的火光中。我們四人看著火燃燒著床，正要鬆一口氣時；突然，一件可怕的事情發生了。

火焰將可燃燒物全部吞噬後，逐漸熄滅。但在我們的眼前，剛剛明明被燒毀的床，又完整地出現了。完好無損的床架和床墊上，已經被燒焦的床上用品恢復了本來的面貌。就連在火焰中被焚燒尖叫的賈琴，也仍舊一隻手捆在床上。

她沒有再大罵，突地笑了。笑容陰嗖嗖的。她抬頭，嘴角的笑容看得我們全身發冷。她看著浴室中的我和榮安安，用陰森刺耳的聲音說道：「你們，逃不掉。」

「逃不掉。」

「逃不掉的。」

床邊的地板在液化，地板下攻擊我們的人頭一個又一個地從地面浮出來。十幾個人頭，有賴子民的爺爺奶奶、有榮安安公司的同事。甚至還有剛死不久的廖菲。認識的不認識的人頭，全都披著濕漉漉的髮，用只剩眼白和血絲的眼睛，盯著我們。

猙獰的嘴中，唸叨著：「你們，逃不掉。」

陳迪似乎看到了什麼，整個人都攤倒在地：「彭東，彭東。你的頭，怎麼也在那群怪物裡。彭東！」

他抓住身旁的彭東使勁兒地搖晃，他的眼睛中，彭東的頭就在賈琴的旁邊。正邪惡地看著他。看得他心裡發毛。

一旁的彭東，沒有開口。

陳迪嚇得快崩潰了，轉過頭去看自己的好友。只看了一眼，他便明白了旁邊的彭東為什麼不說話。

彭東，已經沒了腦袋。只剩軀幹僵硬地站著。彭東的手，保持著生命最後的模樣，抬著右手，指著臥室的某一處。

陳迪渾身一抖，順著彭東手指的地方看去。接著，他恐懼的臉上爬出了一絲苦笑：

「對了。我也死了。」

說完，他癱軟的身體倒在了地上。身軀上的頭，不知何時已經不見了。

看著這一幕的我，手腳冰冷，目瞪口呆。同樣難以置信的榮安安，張大眼睛，恐懼地將我緊緊抱住。

所有人，都死了！難怪賈琴只指著她跟我兩個人。因為只有我和榮安安還活著。榮安安和四個死人，待了三天三夜。

這到底是怎麼回事？賴子民屋裡的床，究竟是什麼東西？

那些人頭怪物們仍舊衝著我們陰冷的笑個不停，眼眸裡的視線帶著滿滿邪惡氣息，在我們身上巡視著。彷彿在尋思，如何將我們殺掉、將我們變成它們的一部分。

我「啪」的一聲，將隱形門關上。

榮安安小臉煞白，她猜到了賈琴或許有問題。可完完全全沒有想過，有問題的不只是賈琴。其實整張床上五個人，或許只有她還活著。其他的四人極有可能早在三天前就都已經死了。那跟她在床上待著的，到底是什麼玩意兒？

她不安，恐懼，全身都怕得顫抖。

我也沒弄清楚這間 804 號房裡發生如此可怕事件的原因，也沒想出個頭緒來。只隱隱覺得應該是和床有關。床，這家中最普通不過的家具，怎麼會突然從讓人休憩恢復精力的東西，變成食人血肉魂魄的怪物？

事出不會無因，可床變得致命的原因，在哪兒？

「走吧。」我看了看周圍，兩個活人擠在賴子民半截身體，以及沒有腦袋的陳迪、彭東身旁。總覺得不太妥當。誰知道這些屍體，會不會也猛地活過來攻擊我們。

對於那張床，我戒備重重的同時，也非常吃驚。它竟然能讓死去的人勾引床上的活人，這證明它是有智慧的。假如它的目的真的是為了吃人嗜血，幹嘛要費盡心力將死去的人幻化到榮安安身旁。幹嘛不直接將榮安安推到床下？

它的真正目的，是什麼？

榮安安恐懼得沒辦法作聲，我拉著她，從隔間鑽出來。拉開浴室的小窗戶，往外望了一眼。窗戶外是陽臺，同樣很小。只擺了一台洗衣機。陽臺的地面確實是瓷磚。

「我先上。」我爬上窗臺，翻身跳到了陽臺上。示意榮安安也過來。

女孩用力甩了甩腦袋，這才也翻了過去。

地面冰冷的瓷磚，給人一種安全的舒適。

在床上折騰了一晚上，天空已經亮起。看看錶，清晨七點半。早晨的空氣吹拂在臉上，沒有一絲應該有的清醒。反而悶得難受，隱隱彌漫著奇怪的淡臭味。就彷彿整個空間中的風消失了，顆粒物懸浮在空氣中，一動也不動。

我看著陽臺欄杆旁的天然氣管路，擠出了一絲笑容。

只要順著天然氣管路往下爬，就能逃出生天。八樓，不過二十幾公尺罷了，並不算多高。

我抓著管路搖晃了幾下，確定安全後，又率先往下爬。榮安安也顧不得自己穿的黑色禮服有走光的危險，她的衣服穿了三天，骯髒破爛。乾脆用裙襬結結實實地包住臀部，爬在了我上方。

自己一邊往下滑，一邊往下看了一眼。這一看險些吃驚地掉下去。剛才從 804 房的陽臺上明明能一眼看到下方的景象。順著天然氣管路下到最底部，應該能到二樓的樓頂。這棟大樓的一樓是商店，商店的頂端當做花園賣給了二樓的住戶。

住在二樓的居民在平臺上種滿了花草，鬱鬱蔥蔥的，十分喜人。

可是現在我再往下看。平臺上的花草樹木，卻顯得極為遙遠。自己不像是在八樓，而像是十八樓。

我用腳夾住天然氣管道，抽出一隻手使勁兒揉了揉眼睛。自己沒看錯，不知是底樓距離我們遠了，還是樓房變高了。如果真要往下爬十八層樓，以我們的體力，恐怕凶多吉少。

我心臟猛跳，拚命地平靜驚駭的心緒。沉聲道：「榮安安，妳往下看看。妳覺得我們離底樓有多遠？」

「我不敢看，我怕高。」女孩都快要哭了。

「快看。」我厲聲道。

「看就看嘛，那麼凶幹嘛。」榮安安嘟囔著，朝下看了一眼，立刻就把視線移開了：「總之挺遠挺嚇人的。咦，奇怪！」

她本來就蒼白的臉色，變得慘白起來，再次往下看去，驚訝道：「怎麼可能。八樓有那麼高嗎？」

我們一上一下的對視一眼，互相看出了對方臉上的驚詫。

「樓變高了，意味著空間被拉長了。這也是那張床的力量嗎？」我皺著眉，語氣裡帶著不解：「這張床究竟想幹嘛，不死就不放我們離開？」

我冷靜地數著對面房子的落地窗。每一層每一戶每一塊玻璃，我從自己腳下那一層開始數，數過了八樓，數過了十八樓，數過了三十八樓。數著數著都把自己數亂了，仍舊沒有數到低。

密密麻麻的窗戶玻璃，彷彿整棟樓都變成了哈哈鏡，在我的視線中往下延伸，茫然不知底部究竟有多深。我們賴以保命的黃色天然氣管路，也在樓棟中往下探，明明筆直的一根，由於距離太遠都變得扭曲起來。

我的額頭湧出了冷汗。

「夜不語先生，我們該怎麼辦？」榮安安六神無主，不知該如何面對眼前的詭異現象。

我一咬牙，「往下爬！」

如果那張床真的能拉長空間，這就太不符合物理定律了。一張床罷了，哪來的能量將空間拉長？所以我在賭，賭自己仍舊在八樓，只要往下爬二十幾公尺就能到樓底。這一切，都只是幻覺而已。

賭輸了該怎麼辦，我沒想，也不敢想。

榮安安很害怕，但是她也沒覺得有別的選擇。回去那詭異的 804 房，誰知道堅持多久才能得救。而且房間裡的怪物可以變成人類的模樣，雖然暫時沒辦法侵入地磚地面，可萬一變異了呢？

往下爬，是唯一的選擇。

順著黃色的細細天然氣管路爬了六分鐘，樓下的景色絲毫沒有變清楚的跡象。反而一樓頂上的花草樹木，離我們更加遠了。

不對，這棟樓，還在不停地長高。

我的臉色非常糟糕。樓又不是樹木，竟然無限往天空生長，這完全不合理嘛。

我每爬下一層樓，就凝神注意那一層住戶的情況。804 以下的房子，陽臺都被塑鋼防盜窗封起，我們沒辦法闖進去。封閉的陽臺上，有的空蕩蕩的，有的擺滿了各式各樣的生活用品。

又往下爬了接近一分鐘。突然，我眉頭一皺。怪了，自己現在所處的這一層的擺設，和剛剛我四分鐘前爬過的那家幾乎一樣。就連破舊的嬰兒車，都相同花色。但是醬油瓶以及其他物品，擺放位置有些不一樣。

我不動聲色地繼續往下爬。又過了四分鐘。那台嬰兒車又出現了，骯髒的粉紅花色，泛白的小花朵點綴其上。卡通人物因為骨架變形的原因，笑容扭曲，用陰森森的眼神，盯著我們。

我打了個冷顫。

接著往下爬。再過了四分鐘，果不其然，嬰兒車又出現在一戶人家的陽臺上。這一次它被放在洗衣機旁，同樣的骯髒破爛。同樣的角度。那羊頭人身的卡通人物，眼珠子竟然變了，斜著眼睛，在微弱光線的作用下，看我們的眼神充滿了怨恨。

「那個嬰兒車，好可怕。」我上方的榮安安，顯然也發現了這台出現了四次的嬰兒車。她恐懼地看了那台車一眼，連忙轉過了腦袋。

「妳有沒有發現，每四分鐘。無論我們爬得快還是慢，哪怕這四分鐘內爬的樓層不一，這台嬰兒車總是能按時出現。」我打量著嬰兒車，語氣凝重。

榮安安很不安，「夜不語先生，你是說這台嬰兒車有問題。」

我沒有回答，反而問：「妳聽說過潘洛斯階梯嗎？」

女孩想了想，搖頭：「沒有。」

「這是由英國著名數學物理學家、牛津大學數學系名譽教授潘洛斯提出的理論。潘洛斯階梯是四個階梯，四角相連，但是每個樓梯都是向上的，因此可以無限延伸發展。」我解釋道：「例如，一個人走上了潘洛斯階梯，他會覺得自己不論是向上走還是向下走，最後都變成在不停地向上。而如果有人在潘洛斯階梯外看那個人，就會驚奇地發現，那人不停地從一樓走到二樓，然後又從一樓出現走向二樓。永遠都走不出來。」

榮安安吞了下口水：「您是說，我們走進了類似潘洛斯階梯的地方？」

我苦笑著，不知道該搖頭還是該點頭：「但從理論上講，這是不可能的。至少在我們的三維世界裡，不可能存在。因為潘洛斯階梯的原理是將三維物體描繪於二維平面後，出現的錯視現象。甚至有科學家評論它為偽科學。」

榮安安很聰明，明白了我的意思。她看了看頭頂，樓頂彷彿並不遙遠，只有幾層。而腳下，越發遠的一樓彷彿在訴說著，無論怎麼往下爬，只會越爬越高：「我們越往下爬，一樓就離我們越遠。我們就越高。是不是我們以為我們在往下爬，其實是在往上爬。我們往下爬，只是我們的一種視錯覺？」

「不，不是錯覺。」我從頭上扯下一根頭髮，鬆開。短髮飄飄蕩蕩的飛遠，緩慢地往下飄去。不知飄了多深，最後遠得看不到了，「樓在實實在在的變高。潘洛斯階梯會讓人覺得自己一直在往上走。而我們卻真的在往上爬。我們越爬，樓就因為我們主觀影響變得越高。潘洛斯階梯可以被四整除，而那詭異的嬰兒車，為什麼會每隔四分鐘就出現一次？這中間肯定有道理。」

我的大腦瘋狂地思索著，突然，我眼前一亮，「聽過，測不準原則嗎？」

第八章 404房

潘洛斯階梯，不應該出現在三維世界。就算因為某種原因出現了，也應該是以四層階梯環環相扣的形式，而不應該出現在這根只有直徑四公分的黃色天然氣管路上。直上直下的天然氣管路，無論怎麼想，在此刻都是二維的。因為它只有兩個方向，上或者下。

我沒有再往下爬，只是死死地看著這一層陽臺上的恐怖嬰兒車。出現了四次的嬰兒車，彷彿每一次都有些細微的不同。斑駁生銹的車體，泛白的粉色雨棚，還有那陰森的羊頭人身的卡通人物。

我身體猛地一僵。轉頭朝房間的深處望去。陽臺連著廚房，從這個角度看，廚房裡一目了然。裡邊除了普普通通的生活用品外，便空空蕩蕩的，什麼也沒有。

可不知為何，我總覺得有股怪異的視線，在偷窺我。等我順著偷窺的視線望去時，卻沒有看到任何人。

就在這時，我的手機又響了起來。是林曉薇的簡訊。

我用腳夾緊天然氣管路，將手機取出來看了看。手機仍舊沒訊號，簡訊上寫著，

「夜不語先生您好。我們被困在市中區大南街一百七十九號的一棟古舊雕樓的地下暗

室裡。暗室中有一張古床。這張床，想要我們的命。快來救我們。求你了，我們真的要撐不住了！」

看完簡訊的我，手抖了一下。床？暗室？那座雕樓裡竟然有暗室，我明明調查過了居然沒有找出來。自己有一些自責。如果當時再仔細一些，說不定就能找到那間暗室了。

不過林曉薇在簡訊中提到的古床，是什麼意思？難道暗室中的那張床，也產生了變異，像 804 室一般，變得致命，變得會奪人性命了？

老女人林芷顏不會放著簡單的案件不管，既然她把救自己親戚的任務丟給我就跑。她大概清楚得很，任務或許本就很棘手。

林芷顏對我隱瞞了什麼？

我將眉頭壓得很深。三天前，林曉薇和她的同事一起失蹤在了雕樓裡。兩天半前，這棟大樓的 804 室出現了人頭怪物，有可能殺死了除榮安安之外的所有人，還變成了榮安安的朋友同事潛伏在床上陪伴她。

林曉薇兩人失蹤在前，雕樓旁的公寓樓，詭異的事情發生在後。而且，兩件事都和床有關聯。

難不成，一切問題的根源，就在雕樓暗室中的那張古床上？

「那張床，有什麼問題。情況允許的話，請詳細告訴我前因後果。這樣我才能救得了妳們。」

我回覆了簡訊後，陷入了長長的沉思當中，直到榮安安將我叫醒：「夜不語先生，你朋友又來簡訊了？為什麼她的簡訊你總是能收到？能讓她幫我們報警嗎？」

我再一次苦笑，「算了吧，她們的情況可能比我們還要糟糕。」

沒錯，如果林曉薇兩人待著的古床就是這次詭異事件的根源。連作為受影響的這棟公寓樓都如此可怕了，那麼她們的狀況，可能真的比我和榮安安陷入的困境還要恐怖好幾倍。

榮安安挺聰明的，眼眸流轉：「難不成，她們也在這棟樓。夜不語先生你其實是來找她們的？」

「嗯。差不多。」我模糊地回答。

女孩笑了笑，裝作不經意地問：「你女朋友？」

「朋友的朋友，我也沒見過。」我搖了搖腦袋，「思緒都被打斷了。對了，我說到哪兒了？」

「你問我知不知道測不準定律。」

「對。測不準定律。說不定依靠這個定律，能夠打破現在的死局。」我的視線，再次移動到了那架陰冷的嬰兒車上。

「如果說潘洛斯階梯無法出現在三維世界，是個沒有上下，無論怎麼走只能朝上的東西。那麼測不準定律，講究的就是因果。」我拚命地盯著嬰兒車看，想要在嬰兒車上找出救命的生機，即便只有一絲。

沒錯，確實是生機。

在細細的天然氣管路上爬了快二十幾分鐘了，自己的手腳發麻僵硬，痛得厲害。體力消耗得非常迅速。疲憊不堪的我，不知道還能堅持多久。一旦堅持不了，我就會整個人掉下去，墜樓身亡。

而榮安安，這個善解人意的女孩雖然從沒有抱怨過，可我能清楚地看到，她的手腳都因為疼痛和疲勞在不停地發抖。

我們，已經快要堅持不了了。

「測不準原理是由海森堡於一九二七年提出，這個理論是說，你不可能同時知道一個粒子的位置和它的速度，粒子位置的不確定性，必然大於或等於普朗克常數，這表明微觀世界的粒子行為與宏觀物質很不一樣。」嬰兒車靜止著，緊緊安放在塑鋼防盜欄杆中。我在腦袋中不停地回想這四次看到的嬰兒車中不同的地方。

那些不同很微小，但既然每一次都會產生不同，那就證明一定不是無的放矢、一定有規律。找到那個規律，就能打破僵局。

「此外，不確定原理涉及很多深刻的哲學問題，準確來說，就是因果。在因果律的陳述中，結論有的時候不是結束後的總結，而是前提。我們不能知道的所有細節，是因為那些細節是一種原則性的事情。

「無論是前提還是原則，都有其必然性。」

「所以這嬰兒車的出現，也有它必然的理由。用普朗克常數除以四，再配合一些數學公式……」我在嘴裡唸唸有詞，在腦海中默算著大量的公式。猛地眼睛一縮，伸出手，在最接近的一根塑鋼欄杆上輕輕握了一下，推了一下。之後笑了：「行了，再往下爬四分鐘試試。」

榮安安詫異地看了我一眼，她完全聽不懂我嘴裡唸叨的公式和數字，也沒弄懂我為什麼要握欄杆。她已經精疲力竭，行屍走肉地跟著我再次往下爬。

用盡了最後的力氣，我們爬了四分鐘。底樓距離我們，已經極遠，甚至只剩下一個朦朧的綠色影子。掛在樓房牆外的我們哪怕是沒有懼高症，都不敢隨意往下張望。而手腳，是真的要沒力氣了。

終於，我們第五次在一戶人家的陽臺中看到了那台詭異的嬰兒車。這台嬰兒車又變換了位置，側對著我們，而雨棚上的卡通人物，卻正對我們。那雙空洞陰森的雙眼，彷彿正死死地看著我們。

看得人心底發毛。

「嬰兒車變得更可怕了。」榮安安倒吸了一口涼氣後，突然驚訝道：「夜不語先生，你看欄杆。有一截欄杆是斷的。我們能爬進去了！」

這戶人家的陽臺，仍舊被塑鋼欄杆封死了。唯一不同的是，最靠近天然氣管路的一截欄杆斷了，露出了一道豁口，可以容納身材正常的成年人鑽進去。

榮安安雀躍過後，像是想到了什麼，驚呼道：「不對啊。那截斷掉的欄杆，不是你四分鐘前在上一戶人家房子外摸過的地方嗎？這是怎麼回事？難道你知道摸一下欄杆，下邊的欄杆就會斷掉？這就是測不準定律裡的因果？」

我沒吭聲，只是道：「先進去吧，我撐不住了。」

表面雖然平靜，可我的心裡已經翻天覆地。自己的計算沒有錯，那事情就更糟糕了。這棟大樓哪裡是什麼潘洛斯階梯，恐怕是一個，更可怕的東西！

我驚疑不定，但仍然手腳疲軟地從天然氣管路上爬進了房子裡。榮安安緊跟著我也翻了進去。

這一進去，畫面變化就大了。我皺了皺眉，不動聲色地站在原地。榮安安則揉了揉手腳，拍了拍屁股，才看到屋裡的擺設，頓時眼睛都直了：「啊喂，剛剛爬進來前，我看到屋裡乾乾淨淨的啊。怎麼一下就變了，難道爬錯了地方？」

「沒有走錯。嬰兒車都在這。」我撇撇嘴，打量著這間屋子的陽臺。老舊斑駁的嬰兒車仍舊在陽臺的洗衣機前，哪怕是換了角度，車上的卡通人物那慘白的眼睛，仍舊在直瞪著我們。

也不怪榮安安那麼詫異，爬進來前，在屋外看時，覺得這間房子挺整潔的。但是一旦進來了，才發覺陽臺上充滿了油煙味。黑呼呼的油煙將白色的瓷磚熏得黑漆漆的，彷彿有許多年沒有打掃過。

陽臺堆滿了雜物，甚至還有些特意撿來的瓶瓶罐罐和壓好紮好的廢紙板。所有東西上都積滿了灰塵。和陽臺連接著的廚房門開著。廚房中的調味料散亂地擺放在灶臺上，調味料罐上充滿了油膩，即便不用手拿，只是看一眼，都覺得膩味噁心。

明明這間大樓才交房沒幾年，這戶人家活生生把新房子住成了幾十年屋齡的貧民窟，也算是很有本事了。

榮安安踮著腳尖，頭靠在欄杆上往陽臺樓下望，突地驚叫了一聲：「夜不語先生，你快看！」

我抽過腦袋看了一眼，眼神裡越發透出一股了然。那不久前還深不知幾許的大樓外空間，已經恢復了正常。密密麻麻的樓棟玻璃也不見了，只剩下俐落幽靜的底樓頂上的綠植浮現在眼前。

「一，二，三，四。」榮安安雀躍道：「我們離底樓只有四層，我們在四樓對吧，夜不語先生？」

確切的說，我們在 404 號房。

眼看著底樓似乎近在咫尺，我們也逃離了那可怕的不著邊際的外樓空間。但是我卻一丁點都高興不起來。因為如果真的和我計算的一模一樣的話，這棟大樓的情況，或許還在惡化中。

我和榮安安，甚至這棟樓裡的所有人們。或許已經，更難以逃掉了！

「小心一點，我看 404 號房，恐怕也不太平。誰知道會發生什麼。」我警戒著，確定周圍沒危險後，才招呼榮安安向前走，進廚房。

榮安安恢復了些力氣，總覺得從 804 號房逃出來了，心情也好了許多。甚至連語氣也俏皮了，開玩笑道：「有危險怕什麼，再危險也比那些人頭怪好得多。就算是真出現怪事了，老娘我轉頭就跑。要知道我跑得可快了，二十多年前，我在我媽肚子裡就是跑得最快的一個。」

我撇撇嘴，對著她澆了一頭冷水：「妳搞錯了。妳在妳媽肚子裡的時候，絕對不是跑得最快的那一個。頭一批精子都是需要犧牲自己的頂體酶，來溶解卵子外層的透明帶，之後後頭的精子才有機會鑽進去。我們其實都不是跑得最快的，只能算運氣最好的。」

「我……」榮安安俏臉一紅，被我那盆冰冷冷的水淋得不知道該說什麼好了，只得喃喃的氣惱道：「就你這不解風情的鋼鐵直男，一點都不知道哄女生開心。這輩子注定要單身到死，和你的五指姑娘為伴了。」

我撓了撓頭，想要開口辯駁，突然想到自己這輩子一個接一個的爛桃花。訕訕地一笑，沒再開口。

骯髒油膩的廚房中，飄著一股濃烈的中藥味。我用力抽了抽鼻子，總覺得這股油膩加中藥的怪異氣味有些熟悉，像是在哪裡聞過。

「這屋子裡有人住過的痕跡。才煮過中藥。」榮安安看著廚房的擺設，指了指洗碗槽裡的砂鍋，「而且剩飯剩菜也還擺在櫥櫃上，這全都是有人正常生活的痕跡。太好了，只要有人生活，就證明這屋子沒問題。我們快點繞到大門口，開門出去。終於要離開這棟鬧鬼大樓了。」

理論上來講，榮安安的推理完全沒有錯。可自己隱隱覺得，恐怕事情沒有那麼簡單。

404 房廚房的門也大開著，透過門可以看到餐廳和客廳。這間房的面積與格局和 804 一模一樣，但是裝潢不同，似乎就連空間大小也變了。

與廚房一門之隔的餐廳，擺放著簡易的折疊桌。桌子破舊，不知道使用了多少年。一張桌布髒到不行，已經看不清原本的花色。走近了還能聞到常年不洗，散發出來的餿臭味。

客廳裡的沙發同樣老舊，彷彿是上世紀七十年代的產物。沙發上也被墊了破舊的花布套。整個房間陰暗潮濕，中藥的味道比廚房還要嗆鼻。

榮安安走得躡手躡腳，做賊似的。我盯了她一眼：「好好走路。」

「噓，小聲些。」女孩伸出食指豎在紅潤的嘴唇上：「我們現在是私闖民宅，若主人發現會被報警抓起來的。」

我哼了一聲，「如果現在真有人報警將我們抓起來，我簡直是求之不得。」

「噓噓噓，都說了小聲些。大門就在那兒，太好了。」榮安安瞪著我，拉著我和她一起提起腳尖往大門走。

404房中一丁點聲音都沒有。死寂死寂的。猶如所有房間都陷入了沉默陷阱裡，不只沒有聲音，還沒有一絲風。

四周沉悶彌漫的空氣裡，剩下的全是憋悶難受的壓抑，以及淡淡的窺視感。沒錯，自從進了這間房後，那無處不在的窺視感，越發的明目張膽了。我不知道盯著我的眼睛究竟在哪兒，有時候甚至懷疑那是不是自己的疑神疑鬼。

我和榮安安越過餐廳，朝右一拐來到了玄關。寬一百二十公分，深一百二十公分的玄關外就是大門。女孩眼中閃過一絲欣喜，連忙加快速度走過去，迫不及待地將手握在門把上用力一轉。

沒鎖發出嘩噠一聲，但是門卻沒有拉開。

「夜不語先生，這門鎖老化卡住了，幫我一起用力拉。」她向我求助。

我一邊警戒地看著背後，一邊伸出手和她一起拉門。門文風不動。我們倆使勁兒地搖動把手，試圖將卡住的門鎖弄鬆。這一招有用，老化生銹的門鎖發出難聽的刺耳摩擦聲後，終於露出了一個小縫隙。

「再用力。」榮安安也顧不得被屋裡的人聽到動靜了，弓著背拉拽大門。

大門又發出了更加刺耳的摩擦聲後，徹底被我們的蠻力扯開了。

「太好了，我們能逃出去了。」榮安安驚喜地險些哭出來，她看也沒看地就朝門外跑，被我一把拉住。

「幹嘛，咱們快點出去啊。留在這裡生二胎啊？」女孩抱怨了一句。

我指了指門外，臉色很糟糕，「妳自己看。」

榮安安定睛一看，小臉「唰」的一下變得慘白。她的嘴唇哆嗦著，難以置信地喃喃道：「這是什麼，不應該啊。怎麼會這樣！」

古銅色的防盜門外，是一面封死了的牆壁，哪裡有什麼逃出去的希望？

本以為能逃走的希望被掐斷後的榮安安，癱坐在地。她用柔軟的手不死心地用力捶打那面牆。冷冰冰的牆壁，沒被她敲出任何的聲音。

我轉身，朝背後望去。就在開門的那一剎那，自己猛地覺得屋裡的氣氛變了，甚至有些東西變得不太一樣了。就連那股淡淡的窺視感，也濃重起來，明目張膽的死死盯著我。

但自己仍舊沒有找到，到底是什麼死盯著我不放。

地上的榮安安抬頭，嘴角泛出苦澀，「夜不語先生，你是不是早就知道，我們沒那麼容易逃脫？」

「沒錯。」我點頭：「我計算過如何利用測不準定律的普朗克常數，去除以潘洛斯階梯的四位公式。得到了一個狹義範圍數值。」

「等一下。」榮安安頭痛了，作為一個大學理科生，她十分汗顏，她很羞愧自己竟然一個字都沒聽懂。所以義正詞嚴地道：「請直接告訴我結果。」

「結果就是，我們不應該出現在404號房。潘洛斯階梯會讓人無限往上走，但是無論怎麼走，都只是四層的臺階罷了。我摸了第四次見到的有嬰兒車的那層樓的防護欄，並在上邊偷偷用刀劃了記號。但是404號房的同一根欄杆，卻斷了。只有一個可能，有人為了消除我割出來的痕跡，乾脆將欄杆弄斷，故意放我們進入404號房中。」

「那人為什麼要如此做？」榮安安一愣，覺得我的話很不合理。

「因為根據我的計算，只需要再做四個同樣的記號，咱們就能逃得掉。」我苦笑：「但看來，有人是不想讓我們逃走呢。」

「可是，可是。既然你都明知道是陷阱了，幹嘛要進404房？」榮安安仍舊沒有懂。

「既然是陷阱，那麼無論怎麼佈置，設陷阱的人或者非人，都不可避免地留下線索。」我撓撓頭：「最重要的是，我實在沒力氣了。沒自信也沒體力繼續往下爬。」

我用手輕輕敲了敲牆，招呼榮安安走回客廳：「走吧，去會會專門為我們佈置的陷阱。這屋子裡應該也有床吧，去床上找找，說不定逃脫的關鍵，就在這房子的床上。」

層層迷霧籠罩著這棟大樓。經歷了804室的人頭怪，我已經能肯定，一切怪事的根源，都來自於「床」這個家具。或許林曉薇簡訊裡提及的，在雕樓暗室裡的那張古床，就是關鍵。

我不信804室的床變異只是單一現象。很有可能，自己所在的這棟大樓的每一層每一戶，只要是有床的房子中，都發生了各自的恐怖事件。

雕樓裡的古床，用某種傳播方式，將詭異的能量傳播到了大樓內。令樓裡所有的床，都產生了噬人血肉的變異。無論怎麼想，都只有先逃出大樓，去雕樓的暗室，毀掉古床。事件才會徹底結束。

隱隱中，我有些焦急。總感覺，隨著時間推移，糟糕的狀況還會不斷惡化。必須要抓緊時間逃出去！

第九章 百日藥

積貧的人聲音很小，小到沒人能聽得到。而真正貧窮的人，別說打悲情牌了，他們在所有地方都是低聲下氣，默默無言的。

同樣的，一個房間，從它的裝潢佈置，家居擺設就能看出這家人的家庭狀況以及性格。404號房的主人顯然就是積貧的人，屋子沒什麼裝潢，四面牆只刷了一層石灰。家具也是用了許多年。

我細細打量房屋，分析道：「房子的住戶應該是個老年人，家境不好。但這棟大樓位於板城市中心，房價不便宜。難道是拆遷戶？」

「很有可能，老年人嘛，窮怕了。哪怕拆遷了有了錢，也節儉得很。」榮安安撇嘴。房裡油膩的中藥味鋪天蓋地，比剛剛濃得多。

女孩聞了聞，不解道：「中藥味哪來的，好像有人在熬中藥。」

「在廚房裡！」我渾身一抖，耳朵裡分明聽到廚房傳來了咕嚕咕嚕，水沸騰的聲音。

我們對視一眼，連忙跑進廚房中。只見剛剛骯髒的冰冷廚房，灶臺上不知何時放了個砂鍋正燉煮著。濃濃的腥臭中藥味，便是從砂鍋裡不斷傳出來。

榮安安嚇得哆嗦起來，難以置信道：「不對啊，我們一直在玄關。離廚房的門不遠，如果真有人穿過餐廳走到廚房，怎麼可能一點聲音也聽不到。而且，我們那麼大兩個人站玄關前，那人又怎麼看不見？這藥，究竟是誰煮的？」

我喉嚨乾澀，不由吞下一口唾液：「搜一搜房子。既然那個人躲著我們，肯定是有問題。誰見到自己的屋子裡出現了兩個陌生人，哪怕不會害怕的尖叫，也不可能冷靜地自個兒跑去煮中藥。」

「我害怕。」榮安安有點不敢。

「那妳待在廚房，我自己去找。」我見她嚇得夠嗆，決定自己一個人去搜索房子。剛準備往回走，突然，我的腳步停住了。

自己扭過身體，幾步走到灶台前，往砂鍋裡看了幾眼。頓時臉色大變的「唰唰唰」往後退了好幾步。

「你怎麼了？」榮安安眼裡閃過一絲詫異，也抽過臉朝砂鍋裡望。偌大的砂鍋裡煮著許多她不認識的中藥，最重要的是，中藥裡竟然還摻雜著大量動物的內臟。難怪飄飛在空氣裡的氣味，會又油膩又奇怪。

女孩雖然覺得中藥裡煮內臟有些怪異，但更奇怪膽大的我為什麼會被嚇到。

「這是，百日藥！」我額頭上的冷汗不停往外流。

百日藥，這絕對是自己曾經在楊俊飛的偵探社收集到的一篇文獻中記載的百日藥。

這戶人家居然在煮百日藥，他是要幹嘛？

「這裡不能久留！」我沒時間解釋，一把抓住榮安安的手就朝廚房外的陽臺跑去。自己想要重新爬回天然氣管路上，哪怕是掛在無限高逃不脫的大樓外牆上，也比在這房子裡強得多。

拽著不解的榮安安，我看到了陽臺欄杆上的豁口，伸手正想要抓到陽臺外的黃色天然氣管。可手竟然抓了個空。

天然氣管路就在近在咫尺的地方，可無論我如何抓，都沒辦法抓到。管路彷彿鏡花水月，幻影似的，從我的手裡不停地穿過。

我抓了好幾分鐘，終於放棄了。頹然的有些不知所措。

「百日藥到底是什麼，看把你嚇得。」榮安安抽空問了一句。

我看著她，搖搖頭，沒解釋：「現在說不清楚，妳進去看看就知道了。走吧。」

無奈的我們，離開了廚房，又一次來到客廳中。

客廳還是那副老舊殘破的模樣，老氣橫秋的裝飾佈滿了視線裡所有的空間。壓抑的屋子內，一個簡易的架子上擺著一台黑色的老電視。這台電視起碼有三十年歷史。電視的上方，擺放了一張照片。

看了照片一眼，我頓時被雷擊中般，驚訝地張大了嘴巴。照片是裱好的全家福，經過十多年的歲月，已經泛黃。四個人並排站著。看樣子是三代同堂。中間的中年夫妻樣貌平凡，哪怕是笑，也笑得極陰沉。似乎生活的壓力將他們壓得喘不過氣。

後方一個五歲左右的小女孩，沒有笑，低著腦袋。

電視下方，還有兩張遺像。分別是中年夫妻那兩口子。照片看起來頗新，中年夫妻可能才過世一兩年。

可是最令我驚訝的是站在照片最前邊的老太婆。這個老太婆我見過，就在昨晚這棟樓的附近。她破布似的臉以及猙獰的表情，讓我記憶深刻。當時我下意識地追著她，卻被她發現了，用砂鍋裡的藥潑我。

現在想來，這裡應該就是那老太婆的家。老太婆在家裡煮好百日藥後，就拿了喝完的藥渣偷偷撒在路上讓人踩，希望將病氣傳給別人。

百日藥。如果她煮的真是文獻記載裡的百日藥。那機場踩到藥渣的傢伙，死得不冤。也難怪本地人一臉恐懼的慌。想來踩到藥渣後慘死的事，這些日子中已經發生了好幾起。

百日藥，顧名思義，要煎百日、熬百日、丟百日。就是不知道，老太婆的百日藥，今天是第幾日！

「對了，既然門走不了，我們可以敲玻璃。」榮安安看著客廳邊上的窗戶。大片的落地窗戶外就是城市繁華的街道：「這是四樓，如果運氣好，樓下有雨棚什麼的。就算跳下去也死不了。」

「這個可以一試。」我覺得這方法可行。畢竟相比待在一個煎著百日藥的封閉屋子裡，跳樓要好得多。

我們越過客廳，來到落地窗前。樓下熙熙攘攘，早起的車輛和來往的行人在路上穿梭著。街上小販在叫賣，匆匆的上班族在買早點。這一層薄薄的中空鋼化玻璃，可笑的分隔開了生門與死門。甚至就連聲音，也隔絕得乾乾淨淨。

由於客廳窗戶朝外面向人行道，臨街的一樓變成了商店。404房外竟然真的有厚厚的雨棚。算起來，大約只有三公尺。哪怕直接跳下去，應該也不會受傷。

榮安安大喜，連忙跑去廚房找到一把砍肉刀，正要用力砸開玻璃。突然，被我一把拽住了胳膊。

「夜不語先生，你幹嘛拉我？」她詫異地問。

我臉色凝重地指了指落地窗戶的一角，只見上邊用血紅色寫著兩行字，「不要打破窗戶。千萬！」

第二行字寫著，「想活命，逃上床。」

字，是用血寫成的。血跡很淡，在玻璃上不太顯眼，所以我們都沒有在第一時間發現。兩行字的字跡不同，不像是同一個人寫的。這就意味著，至少有兩個人，不久前還困在這房子中。

待在屋子裡，寫出這兩行字的是誰？是屋主老太婆和她的孫女？轉瞬我就打消了這個念頭。一個人的性格和性別，可以在字跡中展露無遺。寫字的兩人，明顯是兩個年輕男性。

也就是說，屋裡，還有別人？

我正思索著，榮安安也沒閒著。她瞥了瞥窗戶上的字，一咬牙：「只要敲碎窗戶趕緊跳出去，哪怕有危險，速度夠快就沒問題。再也不想在這鬼地方多待了。」

說著在我不注意的情況下，不管不顧的一刀砍在了玻璃上。巨大的響聲將我嚇清醒：「妳在幹嘛？」

「砸窗戶啊。可夠結實的。」女孩刀不停，砍在鋼化玻璃的邊緣。只聽「劈裡啪啦」一陣脆響，整面玻璃都碎掉，露出了可以容納成人通過的偌大豁口。

還沒等榮安安高興，猛地，異變突生！

風，不知從哪裡竄來的風，突地從豁口外吹了進來。狂風肆虐，吹得人站不住腳跟。榮安安的秀髮被吹起，在狂風中胡亂飛舞。她柔嫩的臉部皮膚也被風吹得變了形，女孩艱難地對我說什麼，但是風烈得就連聲音都吹散了。

我大概看懂了嘴型，意思是叫我趕緊跳出去。

女孩轉身，跳進了落地玻璃上的豁口。她跳離了這棟可怕的大樓，纖柔的身軀在空中停頓了一下，這才往下掉落。

三公尺高，應該不到一秒她就會落到塑膠雨棚上。女孩雀躍著，欣喜若狂，滿臉劫後餘生的笑。可她的笑只一秒鐘，就凝固了。

她驚恐起來。

往下落的她，被狂風裹挾著，竟然將她往上吹起。吹回 404 號房的窗口。她在空中拚命地掙扎，想要脫離風的影響，她想要掉下去。說時遲那時快，風將陽臺的老舊窗簾吹出了豁口。

暗沉骯髒的窗簾猶如擁有生命般，舌頭似的拽住了榮安安的腿。藉著將她一邊捲一邊往回拉。不多時，窗簾就將榮安安裹成了粽子，拖回了 404 房的客廳中。

癱在地上無法呼吸的榮安安在簾子內使勁兒的扭動，身體扭曲，如同喪屍片中的怪物。她發出痛苦的悶聲悶氣。

我連忙吃力地抵抗著狂風，靠近她，用力撕扯她身上的窗簾。簾子裹得非常緊，而且裡邊的女孩越掙扎，窗簾將她裹得越緊。

我無論如何扯，都沒法扯下來。最後心一橫，掏出隨身的瑞士軍刀，小心翼翼地準備將簾子割開。

剛割了一刀，簾子裡就發出一聲淒厲的吼叫。那刺耳的吼叫就連狂風的呼嘯都壓制不住。大量黏稠的血，從簾子破口處湧了出來。風中的血腥，臭不可聞。

「我擦，不會割到榮安安了吧？」我嚇了一跳，總覺得不太對。自己割得很小心，而且避開了要害，專門割女性曲線上最容易留下空隙的地方。簡單說，就是兩個胸部之間。

裡邊的榮安安不再掙扎，她的胸口一起一伏，明顯是因為有空氣流入，在喘息。

她沒受傷。可那聲尖刺的叫聲，到底是誰發出的？我的手沒有因為自己的思索而停下，對著窗簾又割了一大刀。

刀刺破了窗簾的布料，傳來了一聲撕心裂肺的受傷尖叫。

我的手一抖，是窗簾在叫！沒有生命的窗簾，怎麼會受傷，怎麼會擬人的大叫？這不科學。

我打了個冷顫，沒理會大叫的窗簾。風更加大了，大得我站不穩腳。我二一添作五將窗簾徹底割斷的瞬間，更加大量黏稠的血液，從窗簾中湧出，流個不停。靠近窗戶的客廳地面上，全是腥臭的血。更多的血被風一吹，吹進了廚房裡。

煮著百日藥的砂鍋，依舊「咕嚕咕嚕」發出煮沸的聲音。完全不受狂風的影響。

我將榮安安從不斷湧血的窗簾碎片裡扯出來，她用力呼吸了一口氣後，咳嗽了幾下。女孩渾身都染滿了腥臭的血，但詭異的是，當自己把榮安安拉離窗簾後，那些血彷彿也擁有了獨立的生命般。開始從女孩的臉部，裸露的手腳皮膚，以及衣服上往下流。

大量的血跡，蟲子似的湧到地上，想要爬回窗簾的破口處。但是風實在太大了，吹著那些血吹入廚房的砂鍋中。

我瞪大了眼，難以置信地看著剛剛還骯髒不堪的榮安安變乾淨。污穢的血跡，竟然沒有在她身上留下一絲半點。這一幕幕，完全在挑戰我的理智和物理常識。

榮安安跪在地上，好不容易才緩過來，「差點，死掉。呼，夜不語先生，謝謝你又救了我。」

我驚詫的眼神從她窈窕的身上移開，望向風吹來的豁口。一玻璃之隔的室外，明明那高達八、九級的狂風，就是從外界吹來的。可外邊的行人和小攤一派心平氣和、歌舞昇平的和平模樣。就連樓下的行道樹的葉子，也只是懶洋洋的動彈了幾下。

外界只有微不可聞的弱風。可屋子裡的狂風，到底是怎麼回事？難道屋裡屋外有強烈的氣壓差？導致大氣壓作用，空氣再往屋裡倒灌？

我在狂風中下意識地向後望了一眼。客廳通往廚房的門開著，廚房通往陽臺的門也開著。既然室內外本就沒有封閉，鬼扯的大氣壓強。

風，他奶奶的到底是為什麼會這麼大？

客廳中的我們已經在狂風中站不穩了，風在不停地將我們往廚房吹。客廳中的家具也在狂風中顫抖、移位。

「夜不語先生，我扛不住了。要被吹走了。」榮安安顫顫巍巍地拚命抓著我的胳膊。

我拚命壓低身體，想要趴在地上減少被風吹的面積，減少作用力。但就算整個人趴在地上了，仍舊在風中不斷向後退。

有人說如果風夠大，那風，就可以將你的生命力一點一點帶走。這一刻，我信了。風中的我們開始逐漸虛弱，難以呼吸。我覺得自己的生命力正在風裡不停流逝。

我和榮安安被吹到了客廳邊緣靠近餐廳的位置。女孩眼疾手快，一把抓住了餐廳中沉重的餐邊櫃的櫃腳。

風將我們吹橫過來，兩個人的拉扯力把老舊的餐邊櫃折騰得吱吱作響。沒多久餐邊櫃就「轟」的一聲倒下來。險些砸中榮安安的腦袋。榮安安嚇得不輕，但是接下來的一幕，讓我們都驚呆了。

餐邊櫃後邊居然是中空的。兩具紅色的屍體沒了阻礙，倒在了地上。屍體生前死得極為淒慘，兩個人都張大了嘴巴，手緊緊抱在胸前，似乎想要拚命阻止什麼重要的東西離開自己。

「他們的皮，他們倆的皮去哪兒了？」榮安安嚇得在風裡用力抓著我，八爪魚似的用四肢緊緊將我抱住，朝我懷裡躲。

風將我們吹到了餐邊櫃前，有櫃子的阻攔，我們算是進入了一個死角裡，暫時安全了。我直盯著身旁的兩具屍體。這兩人都是男性，他們的皮膚沒有了，被什麼東西剝離得乾乾淨淨。而且整具屍體上，看不出剝皮的傷口在哪。

感受著那越發肆虐的狂風，一個瘋狂的念頭不由得湧上了腦子，止都止不住。

「這兩個人身上的皮膚，是被風吹走了。」我頭皮發麻，沉聲道：「他們，恐怕就是在窗戶上寫字警告的人。」

榮安安全身發冷，「怎麼可能，風再大也不可能把人皮從人身上剝掉啊。皮膚又不是衣服。」

「妳看周圍。」我指了指房間內的景象。

屋子裡的一切，都在被風剝離。先是刷得不夠牢固的油漆，再是屋裡的家具。它們都被風吹起，砸入了廚房裡。廚房中的餐具被砸得劈裡啪啦作響，可那口煮著百日藥的鍋，卻完全沒受到影響。

接著窗戶玻璃也被風吹碎了，被風席捲著在空中飛舞。甚至就連屋裡的牆壁，也被風碾碎成一塊一塊沾著水泥的磚頭，一股腦地砸入廚房。

我們目瞪口呆地看著這詭異震撼的末日景象。命懸一線的餐邊櫃，在風中搖搖欲墜，眼看就要散架了。

不能再躲下去。當風將房間裡的所有東西吹走後，或許我們的命運也一目了然——被吹走皮膚，慘死當場。自己可不希望活生生眼巴巴地看著自己的皮被吹掉，像那兩個年輕男子一樣，抱著胸，拚命阻擋皮膚吹離。

這慘狀比死，更加可怕。

「逃到床上去。」我想起了玻璃窗上的第二個警告，大聲對榮安安喊著。

榮安安怕得渾身發抖，「可是床在哪裡？如果我們逃到床上，會不會又陷入804

號房那樣的僵局，沒法逃掉？」

「管不了那麼多了。不上床，就得死。逃上床，至少暫時還能活命。」我拉著女孩，掙扎著在地上爬行。

貼著地面的風，稍微比空中小一些，也不容易被頭頂飛舞著的家具牆壁碎塊打中。我的皮膚隱隱作痛，那股邪風，似乎真的有將人皮肉吹走剝離的能力。

404 室的格局和 804 室一模一樣。我和榮安安用盡力氣朝臥室的方向爬。空中黑壓壓的，屋裡所有的牆壁和家具都被吹離原本的位置，就連剛剛賴以維命的餐邊櫃也不例外。

我們艱難地爬了一陣，小心翼翼地抬起頭。房子裡沒了牆壁還是有個好處，就是視野開闊。我能看到斜前方有一個古紅色的影，在風中屹然不動絲毫。

果然，哪怕是 404 室的床也變異了。屋中發生的一切，恐怕和那張床脫不了干係。

「用力爬，快到了。」榮安安擔驚受怕了許多天，吃得也不好，在用力爬的途中慢了下來。我連忙連拖帶拽，大聲鼓勵她。

當我們不知花了多久的時間，終於爬到那張古舊的紅色老床上時。自己和榮安安，腦袋一懵，呆在當場。

風在我們爬上床的瞬間消失得無影無蹤，彷彿從來沒有出現過似的。可是，這一刻，我腦子裡的驚恐，卻更加強烈了。

床上，竟還有兩個人。兩個我們無比熟悉的人。
那兩人，居然就是另一個我，和另一個榮安安。

第十章 誰是真的？誰是假的？

都市傳說傳言，世界上會有三個和你長得一模一樣的人，見到了另外兩個，你就會死掉。這傳說不只很莫名其妙，而且非常的偽科學。

但是當我和榮安安費盡千辛萬苦，爬到了 404 號房的床上時，卻見到了兩個和我們一模一樣的人。那兩個人穿著和我們同樣的衣服，相貌、髮色、髮型，就連爬天然氣管路摩擦出的傷口位置，都全部相同。

我們四個人在那張寬一百八十公分的陳舊床上大眼瞪小眼。顯然四個人都同時被對方嚇到了。

「妳是，我？」我對面的榮安安對我旁邊的榮安安說。

而我對面的我，則和我的動作一樣，不斷地打量著對方，審視著互相之間有什麼區別和破綻。

詭異的狂風，已經將這間不足七十平方公尺的屋子颳得空蕩蕩的，無論是家具、擺設還是牆壁，全都沒了。

從臥室到書房到客廳，一切都一目了然。只有到這個時候，人才會覺得接近七十平方公尺的空間，極大，大得無所適從，大得令人恐懼。

偌大的空間猶如拆遷工廠，只剩下一張破舊的紅床，床的斜對面十公尺遠的灶臺上，仍舊煮著藥。那「咕嚕咕嚕」的煮沸聲，聽得人心情煩躁。

「我是我自己，妳是誰？」我身旁的榮安安不解地問我對面的榮安安。

我幾乎要被這兩個一模一樣的女性聲線弄暈了。自己在心裡默默地將對面兩人取了臨時綽號，榮安安二號以及夜不語二號。

我沒有在榮安安二號和夜不語二號身上找到任何破綻。同樣的，夜不語二號，也沒有發現我有問題。我們都保持著沉默，一聲不吭。

但是榮安安與二號倒是一邊相互戒備著，一邊交流起來。

「我是真的榮安安。」榮安安二號指著自己的臉說。

「我才是真正的榮安安呢。」榮安安也指著自己的臉，猶如在照鏡子。她們臉上因為狂風刮傷的地方，都相同。

不同的是，夜不語二號和榮安安二號，比我們先逃到床上。不，如果他們是假的。那麼極有可能，他們從來就沒有下過床。他們是從這張床上長出來的，是床給我們的幻覺。

我能確定，自己是真的自己。但是榮安安和榮安安二號，到底誰是真的，這時候我不確定起來。畢竟雖然在 404 號房她一直和我待在一起，但我的視線沒有一直留在她身上。女孩被掉包的機會，實在是太多了。

兩個榮安安在一旁喋喋不休，不停地拚命想要證明自己是真正的自己。

夜不語二號終於開口了，「咱們也聊聊吧，你們比我們晚一步到床上。具體的說，是晚了十四秒。這十四秒前的事，跟我說說。」

我冷笑一聲，「如果你真的和我有同樣的思考方式，就知道我不可能跟你講。」

夜不語二號點點頭，「那就一起開口。將如何去 804 號房，如何來到這張床上的經歷，都講一次。」

我沒吭聲，夜不語二號也沒吭聲。空氣寂靜了五秒後，我們同時開口。同樣的磁性聲音、同樣的語速。同樣的經歷在我們的嘴中緩緩敘述。兩人的語速像是在賽車，有時候我故意說慢一些又故意快一些，而夜不語二號也同樣如此。

講得慢，是為了防止對方故意複述我的話。講得快，就為了向對方證明自己確實是真的。

當兩人同時講到看到我們雙方時，我和夜不語二號都停住了嘴。兩個完全一模一樣的經歷，就連措辭和思考語氣都如出一轍。鏡子兩面的我們，竟然以相同的速率講了二十幾分鐘。

我們，都無法懷疑對方的真實性。甚至開始了自我懷疑。可按照經歷，我們原本應該以同樣的速度爬到床上。但是雙方之間，卻差了十四秒。這失去的十四秒，恐怕就是關鍵所在。

明明我比夜不語二號的經歷多了十四秒，不過我們無論如何都沒有找到這十四秒，究竟幹了什麼，用在哪些地方。

這十四秒，被什麼無形的力量，擦掉了。

「我們都無法證明，對方是假的，或者自己是真的。」夜不語二號嘆了口氣，臉色凝重，「804號房，在榮安安身旁潛伏了足足三天的彭東、賈琴等人。明明在三天以前就已經死了，可他們在床上卻保有從前的記憶和模樣。這就意味著，哪怕我們明明知道床上的四人，有兩個肯定是床的超自然力量創造出來的假人。但卻難以論證。」

「除非找到那失去的十四秒時間。」我看了他一眼：「假如床創造人，是需要時間，而那時間恰好就是失去的十四秒的話。那麼床上的你和榮安安，比我和榮安安先到十四秒，也就多出了十四秒。有極大的可能，這張床就是利用這段時間將你們製造出來的。」

他搖頭，「同樣的說法。你比我們晚了十四秒。同樣比我和榮安安多了十四秒。這空白的十四秒，你們被製造了出來。這是有先例的。在804號房中，榮安安親眼看到賈琴被人頭怪咬中。但是完好無損的賈琴之後也逃到了床上。所以說，床製造假人，並不需要在床上。在房間中的任何地方都可以。」

我們用語言相互拆解著對方的破綻，但是由於思考方式確實相同，很快就陷入了死角中。

這時，榮安安突然指著對面的榮安安二號說：「夜不語先生，我已經明白了。她是假的！」

「證據呢？」兩個我同時向她望去，兩束眼神凝固在她臉上。

被若有實質的四隻眼睛盯住，榮安安臉有些泛紅，開口道：「我有證據！當然有。」

我和夜不語二號有些詫異，看這個女孩的模樣，似乎她真的找到了什麼無可辯駁的證據。

「我一直在想，雖然這些床能製造假人，但似乎都需要參照物。無論是模樣還是記憶，都被複製了。唯獨有一樣東西，它或許複製不了。」榮安安大聲道：「那就是，氣味。」

「氣味？」兩個我都皺了皺眉，心裡似乎有什麼東西被撥動了。

「對，就是氣味。我和那個假榮安安的氣味，不一樣。」榮安安指著榮安安二號。

榮安安二號下意識地聞了聞自己身上的味道，迷惑道：「我的味道和妳不一樣？對啊，妳是假的，怎麼可能和我的味道相同。」

「夜不語先生，你仔細聞聞。不止是那個女人，另一個夜不語身上，都有同一個味道。」榮安安朝空氣裡聞了聞，之後臉色大變，驚恐地離開我，朝夜不語二號爬過去：「那是，你提到的，百日藥的味道。」

油膩的百日藥，仍舊在十公尺遠外的火中沸騰著。那股惡臭的中藥味，獨特的縈繞在屋子裡。

夜不語二號也朝我聞了聞，點頭：「確實，你和我身旁的榮安安，有同樣的藥味。」

我愣了愣，低頭聞了榮安安二號，又聞了聞自己的腋下。突然苦笑起來：「果然如此。」

百日藥的味道濃烈無比，自己沒有接觸過藥，但是卻渾身散發著淡淡的中藥氣味。這很令人費解。因為哪怕是短時間接觸那種藥，人體也不可能揮發出那麼大的氣味。除非是在屋子裡待得久了，藥味已經入體了。

這屋子裡的床，就算超自然力量再神奇，也不可能憑空造人。造人需要物質；而這屋裡的東西，浸泡在百日藥的油膩味中久了，自然不論變成什麼模樣，都會帶著那股中藥氣息。

所以，無論如何想，自己和同樣帶著藥味的榮安安二號，其實都是假的。

我苦笑地長長嘆了口氣：「沒想到，我居然是假的你。」

夜不語二號也嘆了口氣：「其實跟你聊天，挺開心的。」

我笑了，「廢話，跟自己聊天，怎麼可能不開心。何況，你又不是假的。」

夜不語二號環顧了四周一眼：「既然已經能夠確定真假了，如果你真的有我的思考方式，應該知道下一步怎麼做了。」

我撓了撓腦袋，「當然知道。雖然我是假的，不過我現在還是你。不知道什麼時候想法會被這張床改變。我會盡可能，送你離開這房間。」

說完，我一把拽住了榮安安二號。這個女孩驚惶失措，不斷地掙扎，甚至想要咬我的手腕讓我放開。

我被她咬得鮮血直流。自己沒有放手，死死地拽著她。榮安安二號哭著、吼著：「夜不語先生，你要幹什麼。我真的是真的榮安安，不是假的。她才是假的。」

「我知道妳一時間接受不了，放心，一會兒就結束了。」我將她拉到我身旁，拉到近在咫尺的位置。

她看了我一眼，拚命搖頭：「不要，我是真的。真的。」

她淚流滿面。

我對夜不語二號以及榮安安擺了擺手，輕聲道：「你們下床吧。」

「風太烈了，就算我們趴在地上，恐怕也只能堅持十秒鐘。」夜不語二號看著屋裡肆虐的風。床上的空間猶如擁有一層磁場，將狂風隔絕在外。內部雲淡風輕，可外部殘留的家具以及牆壁殘骸仍舊被風捲在空中飄飛不休：「超過十秒，不是被風吹得血肉分離，就是被風裡的殘骸砸死。」

我沉吟片刻：「如果這裡的床和 804 號房的那間一樣，那麼十秒鐘夠了。我能讓 404 號房的詭異力量，暫停至少兩分鐘。」

「兩分鐘夠了，我們能逃脫。」夜不語二號思忖道。

我拽著呼天搶地的榮安安二號，夜不語二號拉著剛剛還在我身旁的榮安安。我和真的我，沒有再開口。兩人很有默契的對視了對方一眼。

「我很開心見到你。」他對我說。

我笑，笑得眼睛瞇成了一條縫。自己，同樣是真的很興奮能見到另一個自己。無論我是真的，還是假的。我看著另一個我，拉著榮安安跳下了床，趴在床沿下方。

我一下床，就爬在了床沿下。風比剛剛更加的瘋狂，自己和榮安安險些被吹走。我抬頭看了一眼，床上假的我。他嘴角依然帶著笑容，很坦然，哪怕明白下一刻就是他自己的死期。

這就是我，不畏懼死亡。只要死得其所。

「該來的，就來吧。」他見我們下床後，立刻掏出了一個復古打火機。以極快的速度將打火機裡的煤油倒出來，灑在了床上，他自己、以及榮安安二號的身上。

之後，對著我最後笑了一次。那笑容，我這輩子恐怕也難以忘記。

他點燃了打火機，扔在泛著白的紅色舊床上。火迅速燃燒起來，在榮安安二號刺耳的慘叫聲中，火焰淹沒了假夜不語的身體、他的鼻子、他的眼、他的髮梢。也淹沒了假的榮安安，也淹沒了床。

大火猛烈的燃燒。床下的我們被狂風撕扯著，被炙熱的火熏烤著。意識都快要模糊了。不知道過了多久，終於，自己感覺周圍的風似乎小了許多。睜開被煙熏得發痛的眼，耳畔已經沒有了聲音。風，顯然是快要停歇了。火，越燃越狂，將床整個吞噬。床一點一點地被燒成灰燼，風，終於完全停住了。

短暫的死寂過後，被風吹到空中的雜物開始劈裡啪啦地往地上落。

根據 804 號房的經驗，這棟大樓房間裡的床雖然會被毀掉，但由於並不是主要的超自然力量來源，所以在燒毀後，還會恢復成本來的模樣。

但是毀掉和重構之間，大約有幾分鐘的間隔。那個間隔期，房間裡的超自然事件，應該也會趨於停歇狀態。

我無法確定，那段間隔期究竟有多久。所以假夜不語犧牲自己為我爭取來的每一分每一秒，我都需要牢牢的珍惜。

自己感覺到沒危險了，抓著榮安安拔腿就跑。根本來不及在乎從空中落下的破碎家具和牆壁碎塊會不會砸中我們。

我拚命地朝大門跑去，腳步不停。

「那扇大門不是被磚牆封閉了嗎，我們幹嘛朝那兒跑，為什麼不從窗戶跳下去。」榮安安被我拖得氣喘吁吁，大聲問。

我來不及解釋，一邊躲避掉落的雜物，一邊瘋狂的和時間賽跑。終於，到了大門前。我深吸一口氣，將門拉開。

門外空蕩蕩的走廊，露了出來。哪裡還有什麼堵住門的磚牆。榮安安看得目瞪口呆。

「趕緊出去。」我一把將她推出門後，自己也幾步跨出了大門口。在出門的一瞬間，自己回過頭看了一眼404號房裡面。

隔著門，一切東西都在倒帶。屋裡被燒毀的床，一點一滴恢復了原本的模樣。被風吹爛的家具、布料、就連牆壁，都開始快速地彷彿時間倒流似的，變回了原樣。

不同的是，床上空蕩蕩的，多了一具燒得蜷曲的屍體，和一堆燒焦的木製品。那木製品哪怕被燒得面目全非，我也熟悉得很。

竟然是，一口漆黑的棺材。

沒等我看清楚，門「啪」的一聲，自動合攏了。

門外是沉默的走廊，熄滅的燈靜謐無聲。只有一絲白日的陽光從電梯間盡頭的小窗戶外透進來。

「得，得救了。」榮安安雙腳發軟，毫無淑女風範的靠坐在地上。

「別鬆懈，誰知道這棟樓裡還會出什麼妖蛾子。」我絲毫不敢懈怠，整棟大樓的電力設施都出了問題。

電梯間的燈不亮，就連電梯按鈕也閃爍著怪異的光。我按了向下的按鈕，沒反應。

「走樓梯。」我對著榮安安招招手，推了推樓梯間的安全門。還好，門開了。

幽暗的樓梯往下不斷延伸，如同怪物的舌頭，在黑暗中看不到盡頭。只有四層樓，樓梯間裡更不可能有床。應該是安全的。

我將手機拿出來，打開手電筒模式。自己掃了螢幕一眼後，暗暗搖頭。自從八十八分鐘前我回了林曉薇的簡訊後，這兩個女孩就再也沒有跟我聯絡過。也不知道她們那邊的情況是好是壞。

手機 LED 的光刺眼明亮，但是卻刺不破樓梯間的黑暗。光照出沒多遠就遇到阻攔似的，被壓抑住了，我幾乎看不清三公尺外的情況。

自己和榮安安一步一步，小心翼翼地走下臺階。從四樓走到三樓。突然，榮安安側著耳朵，像是聽到了什麼奇怪的聲音。

「夜不語先生，你聽。有沒有覺得哪裡有腳步聲？啪嗒啪嗒的。」女孩有些害怕，偷偷扯了扯我的衣角。

我頓時停住了腳步，仔細的分辨。這死寂死寂的樓梯間裡，除了我們外，一個人也沒有。明明一牆之隔外便是熱鬧的人行道，可是我卻什麼聲響也沒聽見。

自己剛想搖頭，榮安安突然疑神疑鬼地大喊道：「在後邊。」

我一嚇，立刻將手機的光朝後方掃去。背後空蕩蕩的，除了向上的階梯外，一個鬼影子也沒有。

「沒東西啊。」我撇撇嘴，繼續往前走。

「啊！有東西，真的有東西，剛剛有東西從我身旁跑了過去。」榮安安再次大喊大叫。

我將手機的光對準了她，只見女孩雙手緊緊地抱在胸前。黑色禮服內，高聳的胸部被勾出了誘惑的線條。她一臉驚恐，胳膊上的寒毛都豎了起來。

除了她的恐懼外，我沒有察覺到任何怪異的地方。

「我們走快點。」我要她冷靜些，正準備移開手機快步往下走，早點離開這鬼地方。猛地，我的背脊冒上了一股涼氣，嚇得頭髮都快豎了起來。

不對勁，果然有不對勁兒的地方。我直愣愣地看著背後的臺階，在手機的光照耀下，榮安安的影子被拉得很長。我渾身發毛，因為在這黑漆漆的空間裡，似乎不止榮安安一個人的影子，被倒映在地。

還有另一個人影。

那黑乎乎的人影，漆黑如墨。光照在上邊，猶如遇到了黑洞，整個被吸進去。黑影就在榮安安影子的腦袋上方不遠處，蹲坐在一個長方形的物體上。看不出是男是女。

我下意識地順著產生影子的位置看了看。榮安安和那團詭異的黑影之間，沒有任何的障礙物。沒障礙物，本就不應該出現影。難道，那團影，根本就是獨立的個體？

分明只是一團無根的影，看不出五官。可在我注視它的那一刻，自己竟然察覺到它笑了。陰森森地對著我笑。

「夜不語先生，你看到了什麼？」榮安安見我渾身發抖，臉色蒼白。立刻驚異不定的轉頭向我視線的方向望去。

她一動，那團影也動了。

影往下掠過一格階梯，伸出手，似乎想要拽住榮安安影子的腦袋。

「不要動，千萬不要動。」我大聲喝道。

榮安安被我嚇了一跳，頓時身體僵硬的一動也不動。她察覺到了我聲音中的恐懼。她害怕不已。女孩用眼角餘光拚命地朝右側瞟，想要看看我到底看到了什麼。

未知的東西，總是讓人最害怕。比死還恐怖。

我緩慢的一點一點嘗試移動拿著手機的手，自己的移動，似乎並沒有刺激到那團影。影子只跟隨著榮安安的動靜而動彈。她不動了，影也停止了。

自己將手機移開後，那團影，消失在了樓梯臺階上。沒有了光，就沒有了影子。可誰知道，那團影是真的消失了，還是只是我們看不見了而已。

「慢慢往下走，用妳最慢的速度。」我雙手虛浮在空中，做出儘量慢的手勢：「如果感覺有不太對勁，馬上停下。我們再想其他辦法。」

「夜不語先生，你到底看到了什麼？我有危險？」沒有看到那團詭異的想要抓住她的影的榮安安，都快要被嚇瘋了。

她腦袋僵硬、身體僵硬，保持著側身的姿勢，緩慢的一個階梯一個階梯的走下去。

還好，並沒有出現其他的怪事。我們以最慢的速度，走到了二樓的樓梯口時，一堆破爛的東西，出現在了眼前。

我瞪大了眼，僵硬地轉頭，和榮安安的眼神撞在一起。我們都從雙方的眼神中讀到了難以置信和驚慌。

「怎麼可能，怎麼可能就連樓梯間也有一張床。」榮安安用力地抓了抓腦袋，她覺得自己被驚嚇得快要麻木了。

我猛地一咬嘴唇，喊了一聲：「跑！」

立刻拉著她就掠過二樓的樓梯口，朝一樓逃去！

可是，更糟糕的狀況，來了！

第十一章 二樓鬼影

生命可能從來都無法以自身之力成功的圓滿。生命本質上便懷有重要的匱乏，畢竟改變一個人的從來都是痛苦，而不是快樂。

榮安安這一路走來，改變了許多。從略有正義感的小女生，變成遇到危險也能夠忍受著自己的好奇，壓抑著自己的恐懼。

所以當我說「跑」的時候，她一聲不吭，跟著我拔腿就逃。完全不管不顧背後到底有什麼。

女孩和我的腳步聲空寂的迴盪在走廊中，單調裡帶著忙不失措的無奈。手機的光堪堪照亮眼前，這一丁點光明，沒有帶給我們絲毫的安慰。

我們一直往下跑，就快要看到一樓底層的門時。那個黑影在手電筒的光芒中出現了。它就在門口，仍舊坐在長方形的物體上，無法看清表情，卻分明在笑。

它的笑容越發陰森。在光圈裡伸出了長長的手，朝榮安安抓過來。它完全忽略我，只盯著榮安安不放。

榮安安終於看清了是什麼潛伏在樓道裡，她的眼神中閃過一絲難以置信：「這是，啥？」

「妳認識這團黑影？」我轉頭看她。女孩的表情非常複雜。

「認識。這是我爸，他早就死掉了啊。」榮安安恐懼地看著這團影，似乎影子中映射出的爸爸，隨時都會從影子中走出來，傷害她。

「往回走。這八成又是床弄出來的怪物。」我沉聲道，轉身往二樓的樓梯間走。果然，不解決掉床，我們都沒辦法離開。

黑影順著光逆流而上，長長的手穿過了階梯，在階梯上彷彿一段一段的折疊起來。我和榮安安拚命往上跑，就在快跑到樓梯口時，榮安安停頓了。

拉著她的我，因為她猛地停住，險些被扯倒在地。

「妳怎麼不走了？」我惱道。

女孩的聲音帶著哭腔，從她手心裡的冷汗和微微顫抖的身體，自己感覺出了她的情況很糟糕。

「我，突然走不了了。」榮安安的聲音斷斷續續的。

我明白了什麼，迅速轉過手機，將光打在她身上。光影閃爍，等我看清楚地上的影子時，不由得倒吸了一口涼氣。

地上女孩的影子背後，不知什麼時候隆起了一大坨。是樓道的黑影。它整個爬伏在榮安安的身上，似乎想要拚命地將自己的影擠入女孩的身體裡。

二維層面受到攻擊的女孩，彷彿在現實世界，也同樣的背負了不應該存在的沉重。

背上多了莫名的重量。

黑影長長的手，一隻插入榮安安的身體。另一隻，將它一直坐著的長方形物體扯了上來。那東西雖然只是一個影子，但離地後終於立體了。我的眼一縮，這是棺材。難道404號房床上，最後出現的棺材和那具燒焦的屍體，因為床的影響，變成了黑影。追著我們跑了出來？

但那黑影，為什麼變成了榮安安父親的模樣？

黑影拚命地想要擠入榮安安體內。棺材拚命地想要將榮安安關進去。地上皮影戲般黑白的一幕，讓人不寒而慄。

不能再等了，再等，榮安安凶多吉少。

「妳相信我嗎？」我問。

女孩絕望地抬頭，對我點點頭：「相信。」

「相信就好。」我說道：「現在放開我的手。」

她的絕望讓她將我死死地抓著，自己完全無法掙脫。聽了我的話，女孩猶豫了片刻，終究還是放開了。

我兩步走上了臺階，來到了二樓的樓梯口。大樓每一層的樓梯間都有一個大約六平方公尺的平臺。其他平臺都乾乾淨淨的，唯獨二樓，擺滿了雜物。

最重要的是，這堆雜物中，有一張床。一張床架零散，床墊骯髒發霉的破舊的床。

但無論這張床究竟有多破爛，它，始終是一張床！

背後的榮安安，已經到了生死關頭。地上的影和影子背後的棺材，在從二維世界裡掙脫出來。

根據一路走來的經歷，我很清楚，是床，賦予了這些怪物們力量。只有一個完整空間內的床不在了，怪物才會暫時消失。

影，不只想要轉進榮安安身體中，它還想要剝掉女孩的皮。榮安安痛苦地大叫著，她的半個身體，已經被影侵入。她雙腳以下的地方，已經被扯入了那口影子棺材中。

她的時間，不多了。

樓梯口的雜物很多。不知道是哪個有囤積癖的退休老婆婆撿來的垃圾。有包紮好的廢紙板、也有編織袋裝的塑膠。天氣一熱，就散發著噁心的臭味。那張破爛的床，壓在紙板的下方。安安靜靜，保持著肢解的模樣。無聊退休人員的無心之舉，卻成了我和榮安安的催命符。

我試著一腳踹在樓梯口的防火門上。門死死地合攏，踢不開。

點火燒床已經來不及了。而且那麼多廢棄物品，一旦燒起來，在這個封閉的樓梯間中會造成極大的影響。光是燃燒的廢氣，都會讓我們窒息而死。

不能燒床，自己還能做什麼。應該有的，肯定有解決這該死糟糕現狀的辦法。

我拚命地要自己冷靜下來。榮安安痛苦的尖叫聲在背後不絕於耳，我偶然轉身，見到女孩的皮彷彿被無數雙手撐了起來，和肉身分離開。她無比恐懼，卻偏偏一動也不能動，就連癱坐在地的身體控制力也沒有了。

無形的影擠入女孩身體的時候，造成了她身體所有肌肉和器官的痙攣。

「拚了。」我腦中閃過一個念頭，不管不顧地踢開床墊上的雜物，將屬於床的一根木腳拿了起來。

既然是床賦予了怪物能量，那麼床的一部分，或許能傷害到無形的影。我賭了一把。揮舞著木腿朝大部分身體都進入了榮安安的影敲過去，木腿敲中了影的腦袋位置。

自己賭對了。木腿打在虛空上，影被撞擊了一下，似乎痛了。我不再猶豫，再次揮舞著木腿打向榮安安的胸口。

「好痛。幹嘛打我！」榮安安用力抱住了心口，橫了我一眼，之後欣喜地道：「我能動了？」

影子被我打出了女孩的身體，在手機光芒中，我看到那團影以及棺材都在地上二次元平面上翻滾了幾圈。影子惱怒了，本來從沒有看過我的眼，惡狠狠地看向我。

從它背後探出了無數條揮舞著的觸手。觸手密密麻麻地朝我們抓過來。

「走，快快快。」我繼續揮舞著床腳，將觸手彈開。另一隻手拉著榮安安越過黑影跑到了一樓。

一樓的防火門也關著。自己用床腳狠狠地打在把手上。門吱呀一聲，神奇的敞開了。

身後的影子看著我們跑出去，沒有追，只是用無形的眼看著。不知為何，我從影的身上，也讀到了一股絕望。

影子，在絕望？它為什麼絕望？難道這不僅僅只是一團沒有思考、被床衍生出來的怪物？

無所謂了，我和榮安安不敢停哪怕一小步。從一樓的電梯間鑽出去後，奔到了大樓外。樓外就是人來人往的人行道。熙熙攘攘的聲音傳入耳中，有股劫後餘生的感動，讓我們險些哭出來。

安全了！終於安全了！

街上，陽光明媚。溫暖的光線鋪灑在地面，在我們的身上。讓我舒服地想要跪倒地上。那逃不出的大樓，那陰森的一張又一張要命的床。讓我今後對上床睡覺這件事，都產生了一種恐懼。

但是，不管我多麼不想再一次踏入另一棟更加恐怖的建築物。該做的事情，仍舊需要去處理。

我環顧了熱鬧的四周一眼，嘆了口氣。視線凝固在大樓右側的那棟低矮的雕樓院落中。板城所有怪事的源頭，或許就在雕樓的暗室內躲藏著。

「榮美女，妳今後有什麼打算？」我轉身，看了開心地快要趴在地上歡呼的榮安安一眼。

女孩用力伸了個舒服的懶腰，「當然是大吃一頓咯。三天沒有吃過好東西了。」

「那我們就此別過吧。」我對她點點頭。

女孩有些驚訝，「你要去哪兒？」

「去做個了結。」

榮安安沉默了一下，快步跑到附近一家賣煎餅果子的店前。買了兩個煎餅，一狠心，加了四個蛋。女孩遞給我一個，將自己的煎餅使勁兒朝嘴裡塞：「先填飽肚子。」

中午的陽光，星星點點地灑落地面。猶如白日繁星，些許落在她狼吞虎嚥的臉頰上，髮絲上。這不拘束的模樣，竟然挺好看的。而我這時才看到，逃離樓梯間前，榮安安被黑影攻擊還是落下了後遺症。她臉上的皮膚有些破皮，彷彿潰爛了似的。

「那謝謝妳的煎餅，再見。」我接過煎餅，一聲不吭地朝雕樓走去。

女孩也是一聲不吭地跟了過來。

「妳跟著我幹嘛？」我皺皺眉。

「你是要去幹什麼危險的事，對吧？」榮安安吞完了自己手裡的煎餅果子，拍了拍手掌：「我去幫你。」

「我不用妳幫忙。說不定會連累妳。」我搖頭。

「一路上你幫了我許多。我現在幫不幫你是我的事情，你接不接受，是你的事情。我就跟著你，跟著你跟定了。」女孩笑起來，瞇著月牙般清澈的眼，只是跟在我身後。

我沒再囉唆。這個微有正義感的女孩，一路走來說話做事都有自己的風格。如果真的不讓她跟著，說不定她會自己溜進去，那樣更危險。

就在這時，自己的手機又響了起來。是一條簡訊，發信人是林曉薇。她寫道：「我說不清楚。這張床，暗室裡的床，有問題。要進暗室，需要一些特殊的方法。我將這個方法和暗室的位置告訴夜先生您。快來救我們，求求您了！快，再快一些！」

我看完簡訊後，加快了腳步。闖入雕樓後，按照簡訊裡的說明。終於，我和榮安安走到了暗室的門前。只要推開那扇隱形的暗門，就能解開一切謎底。救出林曉薇和顏小玲了。

我深呼吸了一口氣，準備推門。並暗自戒備著，在開門的一瞬間，會遇到有可能出現的危險。畢竟只是受到暗室內那張古床影響的大樓內的那一張張的床，都產生了恐怖的變異。

而作為本體的古床，它的周圍，到底會有多麼可怕。這更難以預測。

就在這時，榮安安猶豫了。她站在我身後，緊張地擺弄著自己的裙角。

「夜不語先生，我們還是，不要進去了吧。」女孩欲言又止，鼓起勇氣說道：「我有一種不好的預感。進去後，或許我們，都無法活著走出來。」

「我受人所託，有不得不進去的理由。而且，不解決裡邊的那張古床，恐怕那張床的詭異超自然力量會變得越來越強大，最終影響到板城中的每一張床，殺死板城中所有的人。」我伸手推門，門，絲毫沒動。

「我們可以逃走，逃得遠遠的。離開板城。」榮安安激動起來：「對，只要離開板城。我們就安全了。」

「就怕我們離開不了。」我撇撇嘴，轉頭瞥了她一眼。

女孩背靠在離我不遠的牆壁前，低著腦袋。她的側顏勾勒著優美的弧線，隨意紮在背後的長髮，在前額垂下了幾縷。女孩漂亮的臉蛋上，有一種說不清道不明的落寞。

她的眼眸千轉，看我鐵了心想要將暗室打開。嘆了口氣：「板城，我是沒辦法待了，有心理陰影了。如果這件事真的了了，夜不語先生。你可以帶我，離開嗎？」

「離開了板城，妳想幹嘛？」

「不幹嘛。就去你的城市。對了，如果我找不到工作，無法適應這個社會的話。你可以養我嗎？」

我有些好笑，打趣道：「妳好養嗎？」

「挺好養的。如果可以有那個對的人。我其實還能更好養。」女孩將臉側的那一縷秀髮，捋到了耳後。露出白白淨淨的脖子，洋溢著青春氣息。

「那，妳吃得多嗎？」我繼續推門。

「不多。如果是你養的話，還能吃得更少一些。」

「呵呵，妳三毛小說看多了。」說完這句話，我沒再吭聲。

榮安安一眨不眨地看著我，漂亮的臉蛋上，浮現出了瞎想的笑容，「如果你養不起我，沒關係，我可以養你喔。」

女孩，向前走了兩步，走到了我背後，溫柔地繼續說道：「可以養你一輩子。」

「不用了。我還是喜歡自己養自己。」我一邊拒絕，一邊苦笑。對這個話題有些反感。而面前的暗門，像是被焊死了，照林曉薇的方法，怎麼弄都推不開。難道方法是錯的？

「其實，我挺有錢的。是個小富婆。我真的可以養你一輩子。」榮安安想要從背後抱住我。

我不動聲色地躲開了，「妳明明只是個小職員，哪來的錢？」

這女孩現在有些不太對勁兒，難道靠近那張古床，腦袋受到了影響。

「我有拆遷補助啊。」她見我躲開，微微嘆了口氣。

可聽了這句話的我，手猛地頓了一下。沒有再繼續推門，轉而扭過身，驚訝地看向她。榮安安被我看得臉如紅富士，卻勇敢的沒有低頭，和我對視著。

我越看她，越覺得有問題。突然，自己想通了許多事情。在公寓二樓的樓梯間裡，那坐在棺材上的黑影，榮安安說那是自己死去的父親。可現在想來，那影子分明是個女性。

我的視線在女孩曼妙窈窕、充滿青春活力的身軀上掃來掃去。視線，凝固在了女孩黑色禮服腰間的香包上。

那香包沒什麼味道，和榮安安的裝扮也不怎麼搭調。但自從我在 804 號房見到榮安安的第一眼，她就佩戴著。雖然覺得這個香囊很破舊，可每個人都有自己的自由，我也不好問。這一刻，我發現那香囊，或許是真的有問題。

「妳腰間的香囊，能取下來讓我看看嗎？」我神色凝重地指了指她的腰。

女孩沒有任何動作，眼神飄到了我背後的暗門上：「別推門了，夜不語先生。暗室裡，什麼也沒有。」

我猛地向後退了幾步，一股毛骨悚然從心底湧了上去，厲聲問：「妳不是榮安安，妳到底是誰？」

「你不是已經猜到了嗎，夜不語先生？」女孩苦笑著，搖搖頭。她用力將腰上的香包扯下，那股油膩的中藥味再也無法壓制，撲鼻而來。濃到讓人噁心，「你什麼都找不到的。夜不語先生，和我一起逃走吧。我們逃得遠遠的，去一個誰也找不到的地方。」

我猜到你妹啊！我在心裡大罵。望著她秀氣的臉，自己的眼神縮了一縮。女孩臉上弄傷的地方，竟然不知何時，已經癒合了。

「百日藥，喝百日藥的其實是妳？妳是404室的住戶！」我盯著她：「真正的榮安安，是不是已經燒死在了404號房的床上？」

「不，跟你在一起的一直是我。都是我。雖然，我確實不叫榮安安。」女孩嘆息著，明眸裡有著一絲黯然：「榮安安，是我的孫女。」

「她是你孫女？」我的腦中，閃過了公寓旁的小巷中，那張擁有著破布似的猙獰可怕臉龐的老太太。是她在煮百日藥，404號房的住戶，也是她。難道眼前這個擁有二十歲清純臉孔的人，就是那個恐怖的，將百日藥的藥渣倒在板城各處的老太婆？

這怎麼可能。怎麼看，眼前的榮安安，也不像是那幾乎快八十歲的枯萎老太婆。

「我的臉，好看吧？我的孫女，就是這麼好看。」榮安安笑起來，輕輕撫摸自己的臉：「我跟我孫女，其實沒什麼血緣關係。我的命很苦，一輩子沒有嫁。三十多歲那年，路上撿了一個棄嬰。那便是榮安安的爸爸。」

「我辛苦地撫養我養子長大，他讀書、娶妻，生了個漂亮的女兒取名叫榮安安。之後養子和媳婦出車禍，全死了。我孫女也是命苦，從小體弱多病。我害怕自己老了，最後恐怕還是孤苦伶仃的一個人。沒想到，天不絕我。」

榮安安的手從自己青春的臉上，一直滑到了高聳的胸部上：「我經常到隔壁的雕樓打掃。雕樓裡住著一個脾氣古怪的老頭。我就在那棟雕樓中，找到了百日藥的藥方。我發現只要自己照著藥方上的辦法做，一百日過後，孫女就會好起來。」

「不，不，不。最後我沒有照著方子做。我偶然發現了一個更好的辦法。」榮安安嘻嘻一笑，似乎對自己的身體很滿意：「雕樓裡那古怪老頭，他永遠都不准我打掃最裡邊的雜物房。我人是老，但我也好奇。而且，我尋思著說不定能在那個老頭最在意的地方，找到什麼更有意思的東西。」

「我趁他不注意跑進了雜物房，找到了暗室。找到了那張古床。」女孩抬起腦袋，尖尖的下巴，黛眉如月。如此美麗的臉龐下，隱藏的卻是一天前，還猙獰的八十歲乾枯老臉。

一想到這，我就感覺一股股惡寒。

「怎麼，覺得我噁心嗎？不，我一點都不噁心。你看我的模樣，你看我的身材，多好，多漂亮。」榮安安風情萬種地橫了我一眼，繼續道：「果然。我在那張床上，讀到了一些東西。一個可以讓我變年輕的方法。原來，百日藥，還有別的用途。」

「我喝了百日藥，又嘔吐出來，餵給我那苦命的孫女喝。躺在棺材裡的孫女可恨我了，她恨不得殺了我。但是她人癱瘓了，怎麼可能殺我呢？」榮安安說著說著，又笑了。彷彿是想起了孫女對她的恨意：「她還年輕，怎麼可能明白老年人的痛苦。青春真好，青春可以戀愛，可以重來，誰不喜歡青春呢？孫女什麼的，無所謂了。」

難怪我們從 404 號房逃出來後。樓梯間裡有一個女孩的黑影充滿恨意地盯著她，那個黑影該不會就是床衍生出的真正的榮安安的殘留意志吧？她想要撕破自己奶奶的皮，因為那張皮，原本是屬於自己的。

「三天前，就是第一百日。我果然在那天晚上，變年輕了。我聽到八樓有人辦舞會，既然我年輕了，那麼也該做一些年輕人的事。我穿了我孫女的黑色長裙，去參加那群年輕人的 Party。」榮安安笑意漸濃，那一晚，她玩得回味無窮。

「不對啊。我明明昨天晚上還見過妳在大樓樓下徘徊。」我打斷了她的話。我清楚地記得那張破布似的老臉。如果如榮安安的話，她早在三天前就已經變年輕，並且去了804室，困在了床上，這就有些說不通了。昨晚，我看到的那個老太太，究竟是誰？

榮安安意味深長地看了我一眼：「你昨晚，確定看到的是我嗎？還有，你真的確定，發簡訊給你的，就真的是你想要救出去的那兩個女孩嗎？」

「什麼意思？」我被她弄得越發的驚駭。

但是榮安安，卻沒有接著說下去。她敲了敲腦袋，吐了吐舌頭：「對了，既然年輕了，我也該履行自己對那張床的承諾了。」

女孩抬起了頭，秀色可餐的臉上，我卻看到了八十歲老人的滄桑：「夜不語先生，我給了你機會。但是你卻沒要。我要你跟我逃，逃得遠遠的。但是你不願意。對不起，真的對不起。你不願意娶我，那就娶它吧。」

就在她話音落下的一瞬間，我全身的寒毛都豎了起來。她這句話是什麼意思？娶它？她口中的那個它，究竟是誰？

不行，不能再在這鬼地方待下去。自己很清楚已經踏入了陷阱中。管他三七二十一，先逃再說。

我拔腿就跑。可是還沒等自己來得及邁出第二步，剛剛一直都推不動的暗門，猛地彈開了！

一股無形的力量，將我整個人拽入了暗室內。門「啪」的一聲合攏，只剩黑暗。

我在黑暗中呆呆的安靜站立著，一動也不敢動。不知過了多久，暗室逐漸明亮起來。血紅色的光，蒙在了這封閉的空間內，周圍的一切，都像是蒙上了一層濃得化不開的血。

光，來自於不遠處地上突地點燃的兩根紅色蠟燭。

不粗的蠟燭，卻亮得異常。我下意識地環顧了四周一眼，偌大的暗室大約三四十平方公尺。呈規則的正方形。一張床，一張反射著骯髒紅鏽色的古床，靜靜擺放在房間的正中央。最顯眼的是，這張床的床擋上，有一個深深陷入木料的乾枯手爪般的痕跡。

整張床，都透露著不祥。從床身雕刻的花紋看，絕對不是用來給活人睡覺用的。

「這是，祭鬼床！」我渾身一震。

用膝蓋想也知道，這就是這次事件的罪魁禍首。附近大樓中所有的床都受到了它的影響，才變異的。

可這張床，將我扯入暗室想要幹嘛？一回想起暗室外榮安安跟我說的話，我就非常不安。她要我娶它。

你妹的，那個它究竟指的是什麼？這末知曖昧的話，讓我心中的警鈴大作。

一個哭聲，女孩的哭聲。從床下傳了出來。淒厲的哭聲，迴盪在空氣裡，讓人直發毛。

「是誰？」我喝道。

「你是誰？」女孩聽到有人，連忙止住哭泣問。

「我叫夜不語。」見那人正常的回答，我稍微鬆了口氣。

女孩驚喜道：「我叫林曉薇，你是來救我的？」

「原本應該是。」我苦笑，自己確實是來救她的。只是沒想到鬼使神差是在這種情況下和林曉薇碰了面。然而現在，我就連自身都難保。最重要的是，我自稱夜不語，她卻沒有任何反應。我心裡湧上了更加糟糕的預感。這一天多的時間，到底是誰發簡訊給我？

「太好了，總算有人發現我失蹤，來救我了。」林曉薇掙扎從床底下爬出來：「我和另一個女孩被困了三天。這三天想盡辦法逃跑，可是我的好朋友，卻被那張床殺死了。」

紅色的光線裡，一個漂亮但卻很狼狽的女孩小心翼翼地朝我靠過來：「小心那張古床。它，太可怕了，擁有很可怕的力量。」

地上紅色的蠟燭散發的光，越發的殷紅如血。紅光染到牆上，就連牆都變得像隨時會滴血下來。鬼氣森森的暗室，無比壓抑。

就在林曉薇靠近我的一瞬間，我扯破手裡的東西，對著這個清純女孩撒了過去。那是自己被拉入暗室前，眼疾手快從榮安安身上抓到的那個古舊香囊。

香囊內的藥物打在了林曉薇的身上，女孩瞪大猙獰的雙眼，披頭散髮的尖叫一聲後。整個人都化成了一灘血水，融化在地上。

「果然是假人。」我揉了揉太陽穴。腦袋裡的疑惑，又明白了些。這個暗室裡，若有若無的飄蕩著百日藥的氣味。結合著這棟一百多年的建築，為什麼這麼長時間，都沒有給這張紅床散發出超自然力量的機會。

我就清楚了。是百日藥。百日藥以某種方式將古舊紅床的能量中和了。而榮安安百日前突然闖入了這間暗室，才逐漸將封印住的紅床能量釋放出來。

榮安安隨身的香囊能夠掩蓋住百日藥的氣味，那就意味著使用的藥材是一脈相承的。對紅床幻化出的假林曉薇有克制作用。

暗室中的光，紅得更亮了。

不久前還乾淨漆美的古床，突然變得鏽跡斑斑。一層一層的紅漆剝落下來，掉了一地的污穢。原本空蕩蕩的床上，不知何時，出現了一個窈窕美女。女孩穿著紅色的婚袍，帶著紅色的頭蓋。雙手淑女的合攏，坐在床沿上。

我看不清她的臉。但是能感覺到屋中的溫度，又降低了幾度。陰寒的氣息刺骨撲來，同一時間迎面過來的，是床上的美人。

美人雅致地站起身，擺放在右側的雙手從紅色袖子裡彈了出來。我頓時倒吸一口涼氣。美人的手，一點都不美，枯骨似的，猙獰尖銳。每根指頭上的指甲，在蠟燭的紅光中，閃爍著鋒利的寒光。

待嫁的美人嫋嫋婷婷朝我走來，彷彿我是進入洞房的心上人。

我站在原地沒動，聽到暗室外傳來了一陣響動後。懸著的心終於安心下來。是時候，結束這一切了！

待嫁美人枯枝的雙手，挽住了我的胳膊。它的指甲幾乎刺入了我的皮肉中，它輕輕地擁著我，想要將我迎上古床。

我無力掙扎。耳朵使勁兒地傾聽著屋外的動靜。

「小夜，我來了。」說時遲那時快，就在自己快要被拽上床，不知道厄運什麼時候降臨時。一個聲音總算是踹開了暗室門，跑了進來。

「我X你全家，齊陽混帳。」我破口大罵：「你怎麼不吃了晚飯再來。老子都快要給這架骷髏當老公了。」

這個偶然變成不死身，同樣在楊俊飛偵探社打工的老實男子被我罵得直縮脖子。

尷尬的嘿嘿笑了兩聲，解釋道：「這不是門很難打開，你要我拿的東西又很難搞。而且，這婆娘還很凶，差點就跑掉了。」

齊陽左手抱著一口砂鍋，右手抓著榮安安。

榮安安驚魂不定地看著他，又看向我：「夜不語先生，沒想到你還帶了幫手。」

我撇撇嘴，「妳不會真的以為，我什麼都沒有看出來吧？」

「你什麼時候看出我有問題的？」榮安安大驚失色。

「早在 804 號房的床上，我就知道妳不對勁兒了。」我冷笑一聲：「妳真以為我是傻的？妳遞給我賴子民的手機，讓我看他的微信記錄。可妳沒想到的是，我不僅僅看了他的群通話。我還看了他的聯絡人名單。妳說妳是他的同事，還對妳有意思。但是賴子民的手機聯絡人中，根本就沒有妳！」

「而且，在 404 號房發現了熬煮的百日藥後，我就什麼都明白了。百日藥，哼。妳知道嗎，百日藥，根本就不是給人喝的。而是古人用來祭拜床神的。」我撇撇嘴：「古代人認為既然床有靈，那麼一定也有統管天下所有床的神仙。所以為了酬謝床神，鎮壓死過人的床感染邪氣，每年都會煮百日藥，端到床頭祭拜。」

「不過妳煮的那鍋百日藥可不太一般，我在我一個朋友家裡的古籍中見過。而且，正是那個朋友，委託我來救她親戚的。再加上我那個朋友有些腹黑，容易的事絕不會便宜我去做。這怎麼不讓我多加一個心眼，讓一個同伴隱藏在暗處耍陰招？」

我大手一揮，對齊陽說：「倒上去。」

齊陽將左手抱著，從 404 號房間中取來的最後一鍋百日藥丟出去，砸在了長滿紅色鏽跡的古床上。

那穿著嫁衣的紅衣美人和榮安安同時尖叫了一聲。紅衣美人變成了一灘血水，榮安安瘋狂地在地上打滾，痛苦地撕扯著身上的皮膚。

古床上的鏽跡，更加快速地爬滿整張床。剝落的紅漆斑駁，暗室中那兩根點燃的紅蠟燭，閃爍了幾下後，熄滅了。

偌大的暗室，最後只剩下一息殘存的痛苦嚎叫……

尾聲

我救下了顏小玲，但沒能救下已經死掉的林曉薇。所以當自己找到老女人林芷顏時，心裡頗有些愧疚。

畢竟，她委託我的事情，自己並沒有辦到。

「這樣啊，沒關係。就當你欠我一次吧。」不解的是，林芷顏竟然雲淡風輕地說了這麼一句話，彷彿自己唯一的親戚死了，根本算不上什麼大不了的事兒。反而我欠她一次，比較重要。

她這個不知道活了多久的女怪物，是不是連血都冷了？

見到她轉過去的側臉，彷彿有一刻在偷笑。我頓時明白了些什麼，張口道：「喂喂，等等。該不會那個叫林曉薇的女孩，根本就不是妳親戚吧？」

死女人嘴硬道：「呵呵。我們一個姓，她怎麼會不是我親戚咧。」

「不對。」我皺皺眉，冷笑：「妳給我的電話裡，聯絡人的名字，寫的是晚輩。對了，妳從來就沒有認真地提過，林曉薇和顏小玲，到底哪個才是妳親戚。難道顏小玲，才是妳真正的晚輩？」

林芷顏沉默了一下，裝作不在乎的嘿嘿笑道：「我真正的姓，就姓顏。顏芷林。」

「顏芷林？妳幹嘛把自己的真名倒過來，就算是怕被仇家認出，也沒必要用這麼掩耳盜鈴的蠢辦法吧？難不成玩類似真心話大冒險的遊戲，輸了？」我撇撇嘴。心裡思忖著，不知多少年前將自己名字倒過來的死女人，到底隱藏著怎樣的秘密。

「差不多吧。」林芷顏顯然不想提及過去的事：「總之，這一次謝謝了。」

「等等，妳開溜幹嘛。」我一把拽住了輕描淡寫的道歉後，就準備跑路的死女人：「妳是不是做了什麼虧心事，現在良心受到譴責，不敢面對我了。」

「真可笑，我哪有什麼良心。老娘就是單純肚子餓了。」林芷顏再次嘗試著開溜。

我死抓著她不放：「妳明明就是做了虧心事。既然妳是顏小玲的親戚，雕樓中那張可怕的古床，它的底細妳肯定清楚。那張床，究竟是什麼？還有，妳為什麼要瞞著我？幹嘛要騙我去板城救妳的親戚？」

「我沒有騙你，我是真的不能去板城。否則，或許我會死得很慘。」林芷顏少有的苦笑了一下：「至於那張床，我以為老頭子，早已經妥善處理掉了。」

「哼。那就單純地跟我講講床的故事。它為什麼，會有那麼大的超自然力量？」

我直視她的眼睛。

林芷顏攤手，講道：「這要從清朝道光年間說起，那張床，原本是我奶奶的嫁妝。」

我心裡一驚，好傢伙。清朝道光從一八二一年到一八五零年總共在位三十年。最少距今也有一百六十八年了。清朝時女子嫁人，不過二八年華。林芷顏的奶奶在接近一百七十年前嫁的人。算下來，死女人的年齡，大約也有一百一十歲。

我早就察覺到林芷顏天使的臉孔後隱藏著歲月的秘密。沒想到，她居然是真正的不老不死的老巫婆。難道這傢伙，當年也吃過類似百日藥的玩意兒？

「夜不語，你在亂想什麼。當心我認真教壞你家的兩個女人哦。」林芷顏察覺到我在算她的真實年齡，嗔怪地看了我一眼。

「繼續說那張床的事吧。當初道光初年時，板城老北街有個小廟，那時還有和尚。據說奶奶的老家離那家小廟不遠。」

我奶奶是大戶人家，板城有名的財主。

那年盛夏，天朗氣清，我奶奶的父親在院子裡坐著乘涼，突然見到天空飄來一朵雲，有洗臉盆大小。突然這朵小雲攤了開，不知道哪裡颳來的大風，夾雜著銅錢大的雨滴，黑雲密佈、天昏地暗，閃電一道道往下劈，轟隆隆的炸雷震耳欲聾。

雨停後鄰里鄰外炸開了鍋，熙熙攘攘著說北街老廟出事了。奶奶的父親跟著去看，見廟後樹林一棵大肚子樹，被雷劈得黑糊糊的，樹上還出現了一個奇怪的痕跡。

那痕跡竟有五根指頭，像是乾枯的人手。

老和尚說他正在附近解手，突然一個炸雷打到樹上，抬頭看見一個奇怪的東西落在了樹中，並且很快地融入了樹裡。

奶奶的爸爸讀過書，也愛看書。平時知道些雜七雜八的知識。只見他大手一揮，對和尚說：「我看剛才那個哪裡是什麼雷。分明是天外火流星掉了下來，砸中了這棵樹。這分明是吉兆啊。八成能放在家裡辟邪。」

有些地域的古代人，認為流星是吉兆。也不管擊中樹的，究竟是不是所謂的流星。畢竟可疑的地方太多了。現在想來，如果真的是流星劈中了樹，樹恐怕不僅僅只是被燒焦那麼簡單。還有樹上的五根指頭印，真的是流星劈出來的嗎？

聽林芷顏講到這兒，我眼中驚駭更濃，和她對視了一眼：「死女人，妳是不是認為，那張床和陳老爺子的屍骸有關？印在樹上的乾枯手指印，就是陳老爺子的其中一隻手掌？」

女人想了想，緩緩搖頭：「具體究竟是不是，已經不可考了。但我覺得可能性不大。那張床我小時候遠遠看過。詭異是詭異了一些，但沒有陳老爺子屍骨散發出的可怕氣息。」

認為是吉兆的林芷顏的祖先人，將大肚子樹買回家。請當地有名的木匠做成了一張精美的床，作為女兒將來出嫁時的嫁妝。

可是造床的時候，作為嫁妝的床被木匠雕成了祭鬼床。床造好的那一天，木匠帶著家裡老小全都吊死在紅床之上。

這樣的床，誰還敢要。林芷顏的祖爺爺想要把床毀掉，但是無論是刀劈、火燒還是土埋。無論用什麼方法將床毀了。第二天，那張詭異的紅色床，都會回到顏家，一身的鏽跡斑駁，恐怖得很。

那張床，只能透過八抬大轎，讓出嫁的女兒坐在床上，才能送得走。

林芷顏嘆了口氣：「娶了我奶奶的大戶人家，接連遭遇不幸。總是有丫鬟和家人，不知為什麼跑到奶奶帶去的那張紅床上懸樑自盡。那家人又聽到了關於紅床的故事，連忙跟已經生育了兒女的奶奶退親，將她和自己的兒女連著床一起送了回去。」

「當晚，奶奶就自殺在了紅床上。」

一百多年了，顏家人無論搬去哪兒，那張床都會跟去哪兒。毀不掉，甩不脫。顏家完全沒有辦法了。但是在林芷顏小時候，突然有一天，那張床，便從顏家人的視線中消失得無影無蹤。

林芷顏的哥哥說，紅床，已經處理了。沒想到，床沒有離開，仍舊潛伏在死女人哥哥建造的雕樓中。或許是高人指點，在暗室裡布下了某種能夠隔離紅床危險能量的特殊配方的百日藥。

顏家這才有了苟延殘喘的機會，不至於絕後。但人丁稀少，還被暗室裡的紅床一個個誘惑進暗室裡，自殺而死的顏家。最終只剩下了林芷顏與顏小玲兩人。

但無論如何，事情總算是結束了。雖然仍舊有許多謎題未解。紅床上的爪子似的手印是怎麼回事？當年，擊中大肚子樹的東西是什麼？還有，那日坐在紅床上穿著嫁衣蓋著紅蓋頭的女子，又是誰？

總之，紅床被帶到了老男人楊俊飛的特殊倉庫中，再也不會出來害人。

我如此想著，回到了春城，準備讓自己放一個長長的假期，休息一下，想一想今後該如何將故意躲著我的守護女李夢月找出來。

就在自己踏入臥室的時候，一股毛骨悚然的感覺，湧上了心頭。我的額頭冒著冷汗，我的脊背寒毛直豎。

只見自己臥室中那張兩公尺多寬的平板床不見了。明亮的臥室變得暗紅無比。一張床，一張鏽跡斑斑的紅色古床，不知何時出現在了我的房間中。

古床上，一個披著穿著嫁衣，蓋著紅蓋頭的女人，正低頭靜靜地坐在古床上，等待著我。

我的心臟在「砰砰」亂跳。一瞬間，明白了許多。

或許，這張紅鏽的床，並不會因為八抬大轎隨著女人嫁出去，才會將厄運傳走。顏家因為我的某個因素，徹底掙脫了紅鏽床的詛咒。

那張床，纏上，我了！

後記

最近開始入夏了，天氣熱了幾天，之後急轉直下。小雨淅瀝淅瀝地下個不停。滴滴答答的雨水，滴落在屋簷下，看著窗外朦朦朧朧的世界，突然覺得挺安心。

雨水打濕了玻璃，模糊了夜晚的燈火馬龍。總是在最惡劣的時光中、暴雨、狂風、打雷閃電。在家裡的時候，總是越是有種天然的安穩。

傾盆的暴雨、電閃雷鳴的午夜十二點，我睡不著。乾脆爬起床寫了這篇後記。

《夜不語詭秘檔案》這一集，已經寫到了第九部。漫長的歲月，不只是這部書的字數變多了，也讓我成長了許多。當初的青蔥少年，快變成了大叔。腹部的四塊肌肉，也開始淡淡，出現了微微凸起。

有一天，我偷偷用尺量了量。肚子的幅度，已經快要超出健康的標準了。自己嚇了一大跳，第二天趕緊開始健身。

餃子也五歲多了，從短短小小的迷你小美女，變成了美女小蘿莉。也不再經常生病，讓我經常擔驚受怕了。

她，也在跟我一起成長。

畢竟，歲月，從不會饒過任何人。

我住在離成都不遠處的一個小城裡，一直都過著悠然的時光。這麼多年來，我看著樓外的梧桐樹葉萌芽，又落葉。看著小花園裡的薔薇長出綻放的紅花，復又凋零。本以為自己就會和梧桐一樣，在這慢吞吞的時光中慢吞吞地邁著自己的步履路過自己的人生。

可是我錯了。

幽靜的小城，最近幾年變得莫名的繁華。原本只有三十萬人的城市，猛地湧入了一百多萬人。等到餃子明年快要讀小學了，我才發現自己的悠閒沒有了。

因為小城的人太多，教育資源不夠用。餃子要和多出的一百萬人的小孩們搶資源。我有些無奈，只能擠破腦袋想要將餃子送入一所家門口的私立學校。

雖然痛苦，但自己終歸是覺得，人多也挺好。恬靜的小城有恬靜的過法；熱鬧的世界也熱鬧得有趣。

雨，還在下。人多了，午夜一點的城市，卻也熙熙攘攘。

我不算是一個產量高的作家，《夜不語詭秘檔案》系列寫到現在，十七年了。我從開始寫的新奇、到寫到中途的痛苦。現在，寫這個系列已經成為了一種生活習慣。

希望這個習慣，可以一直保持下去。帶給大家更多更有趣的故事。

而，明天。就是我的結婚十周年紀念日和生日。趁著這個打雷的夜晚，自己要趕緊寫完尾聲，明天拖著妻出去流浪。

希望，明天的雨歇，會是晴朗。

夜不語

夜不語作品 25

夜不語詭秘檔案901：鏽紅床

國家圖書館出版品預行編目資料

夜不語詭秘檔案901：鏽紅床 ／ 夜不語 著.
一 初版. 一 臺北市：春天出版國際， 2018.09
面； 公分. 一（夜不語作品；25）
ISBN 978-957-9609-77-7（平裝）
857.7 107013173

ISBN 978-957-9609-77-7
Printed in Taiwan

作者	夜不語
封面繪圖	Kanariya
總編輯	莊宜勳
主編	鍾靈
美術設計	三石設計
出版者	春天出版國際文化有限公司
地址	台北市信義區信義路四段458號3樓
電話	02-7718-0898
傳真	02-7718-2388
E-mail	story@bookspring.com.tw
網址	http://www.bookspring.com.tw
部落格	http://blog.pixnet.net/bookspring
郵政帳號	19705538
戶名	春天出版國際文化有限公司
法律顧問	蕭顯忠律師事務所
出版日期	二〇一八年九月初版
定價	170元
總經銷	楨德圖書事業有限公司
地址	新北市新店區寶興路45巷6弄6號5樓
電話	02-8919-3186
傳真	02-8914-5524

夜不語
詭秘檔案

夜不語

詭秘檔案